志在四方一男儿

[美] 王正方 —— 著

北京出版集团
北京十月文艺出版社

代序：有一个愿望，就有一条道路

王正方

手持两本回忆录，郑重其事地当面交给高中同班同学白先勇。写了许多当年的趣事、荒唐事，有必要请老同学做个见证吧！白公子仔细看着两本书的封面，忽然略显严肃地说：

“王正方，我可从来没得罪过你哟！”

二人对视片刻，同时纵声大笑。

其中有个道理，中学时代我是班上恶名昭彰的恶作剧总策划师。

不久先勇传来一信，他说：

正方：

我要告诉你最近在病中我把你的两本大作《十年颠沛一顽童》《调笑如昔一少年》从头到尾都看完了，你写得真好！笔调活泼、俏皮、生动、传神。你写的人物个个有棱有角，过目难忘。这本书文如其人，写得兴高采烈，难怪你是个好导演，把人生一出悲喜剧导得五彩缤纷。难得两本书的语调一是童音、一是少年音都很准确，没有变调。更难得是在嘻哈中，你把大时代的苦难不经意地都透露出来了：抗战、内战，尤其是台湾的白色恐怖。

你写到建中生涯我更熟悉了，从你书中唤起了我许多回忆。你把我们的英文老师谢xx气哭了，那一幕我记得很清楚。建中真的有好多好老师，谭老虎、杨三角（杨怀年）、汪焕庭，我们的数学老师个个凶巴巴，都是严师；吴治民（老先生一直带着他的小孙子），高一国文老师陈肇凤，他真的对我“偏爱”，给我国文分数最高——

读你这些建中逸事，仿佛昨日，已是六十多年前的事了。如果当初你从事写作，一定是一位了不起的作家。期待你的第三部。

祝　平安

代问候嫂夫人

先勇

承蒙老同学如此夸奖、抬举，不由得抖擞振奋起来，快马加鞭写完第三部。老东家北京十月文艺出版社不嫌弃，接着出了这本《志在四方一男儿》。顾名思义，写的是那个少年蜕化为男儿的故事。

上了台湾大学电机工程学系，课业紧张。记忆中我在大学校园主要是观察美女、唱洋歌、参加话剧社演戏、谈个小恋爱，经历了幸福与痛苦；有人认为我是“耍废”的创始人之一。前台大法学院院长萨孟武教授有句名言：

“台湾大学的学生，用精、灵、鬼、怪四个字就可以代表了。”

我印证了萨院长的说法。不曾努力读书，四年有惊无险度过了各个关卡，跟着大伙儿一道毕业了。

一九六〇年代初期的台湾经济不振，无论念哪个科系，一律求职无门，毕业即失业。男生暂时不用担心，下部队先当两年兵。接受十二周的严格入伍训练，兵工学院学习专业，派驻金门前线支援兵工器材。1961年，金门炮战仍在延续，对岸规律性地执行“双日停火”，隔天的空中，就有炮弹呼啸而过，落在不远处爆炸。早餐吃一个馒头，细数馒头总共吃了多少，距离退伍那天还是那么遥远。

数十年后，不平凡的军中苦日子，犹自历历如绘重现目前：教官持不同方言骂我们这些“死老百姓”、与不同背景的老士官长们共患难一年多，他们每逢年节思乡情切，用家乡话一遍遍讲离家时的情景；几杯金门高粱酒下肚，踡在一个角落独语：“接到香港转过来家里最后一封信，看到信封上爸爸写的字，我马上就热泪滚流——”

老士官长们就在部队里一辈子当大头兵下去。我们这些年轻的服役军士，馒头数完迫不及待地离开部队。士官长们说四川话：“你的前途光明哟！我们——我们连‘后途’都没得！”

前途在哪里？“去去去，去美国”，留学美国是当时所有台湾大学毕业生的一致目标。四年不用功，成绩鸦鸦乌，美国有哪所大学的电机研究所会接纳我？煞费心机，钻研留学美国的窍门儿，有志者事竟成；申请到密苏里州矿冶大学电机研究所的入学许可，并免学费，是年秋季开学。

父亲常年卧病，母亲年迈退休在家，哥哥已经在柏克莱加州大学攻读博士；我若是去了美国，二老无亲无故地住在台北，真令人放心不下。母亲一直是家中拿主意的人，她认为：美国留学不可蹉跎，尽快读到学位，开展你的人生，不用担心我们两老。母亲标了一个会，购买我赴美的单程机票。头一次坐飞机，越洋万里无归期。母亲是当代台湾著名女书法家，临行前给儿子写了一幅字：

“君子不重则不威，学则不固，过则勿惮改，毋友不如己者。”

知我者，吾母也！

密苏里州矿冶大学地处乡野，专心苦读两个学期，深深体会到大学四年荒废学业，遗留下无穷的后患！埋首急起直追，倾全力拼出来的成绩，还算差强人意，但总觉得下盘功夫欠踏实。暑假来临，留学生们多数是穷人家的孩子，去大都市打工，赚取来年生活费。加州洛杉矶的中西餐馆，开除了我这个干杂活儿的两次，我真不是个合格的厨房工作者。走了一步好运，找到份电子工厂技术员的暑期工作，挣的钱还够下个学期的开销。

1963年11月22日，美国总统肯尼迪遇刺身亡，目睹校园中一片混乱，悲戚慌张，议论不休，一切几乎停摆；谋杀究竟是谁主使的？始终没有令人信服的答案。从这个事件得到些体会，提升我对揭发政治谎言的兴趣。在图书馆大量阅读书报杂志，接触到报道中共的英文书籍，如《西行漫记》(*Red Star Over China*)等，同学们说我的思想“左”倾。

交上论文，如期拿到硕士学位，必须在美国公司找到份工作，这是来到新大陆的最终目标。当时美国经济兴旺蓬勃，但一名台湾来的电机硕士，毫无专业经验，觅得合适职位谈何容易？在偏远的密苏里州找不到工作，搭乘灰狗巴士——最便宜的长途交通工具，到纽约市投奔老同学，探讨谋生之道。

星期天的《纽约时报》，满满几页都是电子公司的求才广告；忙着修改履历表、四处发求职信，然后痴痴地等候回音，好消息总也不来。纽约中城某领带公司雇我当跑腿小弟，每日东奔西走搭地铁，跑遍全市大街小巷送货，成了纽约之鼠。七个月后，终于获得一次面试机会，IBM在纽约上州建厂，大肆招兵买马，我被录取为初级工程师。当夜写信给母亲：妈，我下周开始上班了。

那个时代的一名青年，奔走闯荡，碰碰撞撞的困难不断，却也走过去了，而且趣事颇多，不记下来有谁知道呢？

书名“志在四方一男儿”，涉嫌自夸：当年哪里谈得上有什么雄心壮志？只是个穷兮兮、傻乎乎的愣小子，跟着大家的脚步摸索前行罢了。

多年后回忆往事信笔写来，不时止不住地莞尔偷笑。想起一句西谚来：“Where there’s a will, there’s a way.(有一个愿望，就有一条道路。)”

目录

新鲜人遇上新鲜事

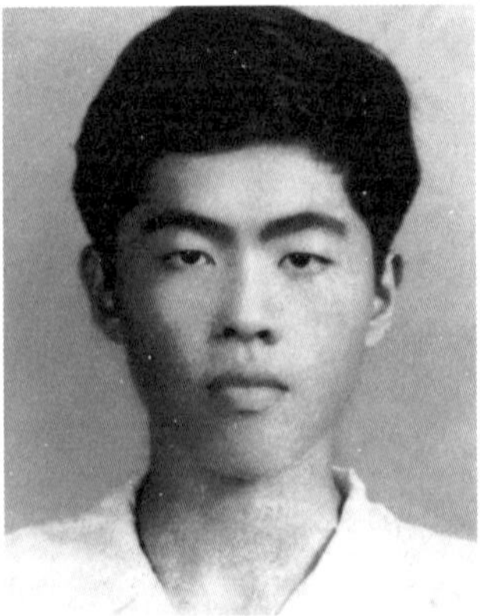

大学一年级的模样

台湾大学礼堂，坐满了一年级新鲜人（freshman），少算也有一千多。今天新生训练的重头戏是法学院院长萨孟武[①]讲"大学教育"。啊！那是几十年前的旧事，萨院长的演讲内容于今我已记忆模糊，但是忘不了他的开场白：

"同学们，台湾大学的学生，用精、灵、鬼、怪四个字就可

① 萨孟武教授系出名门，是福州萨氏大家族的后裔。他的叔祖萨镇冰是民国时期的第一位海军上将；萨孟武院长的堂弟萨本栋，是著名电机工程学家，曾任厦门大学校长。

以代表了。”

萨院长戴一副圆形镜框的眼镜，长脸长下巴，他的福州口音铿锵，用语简单精准，吐字有力，一开口就把昏昏欲睡的我惊醒了。他说：

“什么叫作‘精’呢？大学一年级的同学，东钻钻西看看，一下子把学校里的情况都搞得很精通；到了二年级，你们变得‘灵’了，知道哪位教授的分数好拿，怎么去占图书馆的好位子，怎么逃课，好事情绝对不会错过；三年级的同学更是了不得，个个都练成一身‘鬼’功夫，鬼花样多；转眼就到最后一年，你可要摸摸后脑袋‘怪’自己了，怎么还没有学到什么，四年就快过去啰！”

接下来我们走过一段台大椰林大道，去新建好的工学院大楼参加迎新会。大楼占地很宽，就横在那里，三层楼的每一层都高大宽敞，光线明亮，完成的只是初期工程，将来要继续建成一个“工”字形的大建筑。那时的工学院只有四个系：土木、机械、电机、化工。工学院院长锺皎光西装笔挺，口齿清晰，勉励了我们一番，当然我早已忘了是什么内容，只记得他最后说：

“我们工学院四个系的学生，姓什么最好呢？姓杜的应该念土木系，既有土又有木嘛！念机械系的最好姓刘，他的卯金刀都全了。姓申的最好读电机，因为‘申’字和简写的‘电’很像。化工是我们的第四系，所以姓罗的来念最理想，‘罗’字拆开来就是四系佳嘛！”

锺院长风度翩翩，言谈不失幽默。后来听学长们谈起来，锺院长上课穿的西装每天不一样，领带颜色与西服的搭配很有讲究；上课拿出专用粉笔盒子，戴上白手套持粉笔写板书，另外备有刷子，勤刷身上的粉笔灰，英国绅士派头十足。

我只对他的读电机的学生最好姓“申”之说，有不同的意见：姓申的毕竟少之又少，史书上有申包胥其人。我看今后读我们电机系的申同学不会有几位；个人以为姓雷的念电机系最恰当，“雷”字腹中已孕育着即将爆发出来的电，只需在电机系好好学习，一道电光不日便脱颖而出了！

当时台大工学院四系新生，安排的课程多数是一样的必修课：国文、英文、中国近代史、三民主义、物理、化学、微积分、工程画图，还有军训；加起来就二十几个学分了，忙到每日几乎没什么空闲时间。以前听说上了大学可以任意选课，哪里有这回事？

工程画图的时间最长，整整一个下午，大家在教室里伏案，比着丁字尺一笔一笔地画，三个小时一下子就过去，时间根本不够用的。关永山教授人高马大，东北口音洪亮，头一天上课带来一大摞他自己编的投影几何讲义，每个学生买一本，当场收钱。有人说关教授的经历不凡，第二次世界大战期间他滞留在德国，希特勒很赏识他，聘请他为德国国家工程师，授予少将官阶，真相是否如此已不可考。二战结束后关将军的年纪大了，就在台大兼两门课。关教授概念清楚，讲课时三言两语就能扼要地指出重点。

闷着头画工程图，过程沉闷冗长，用铅笔画图还算好，画错了就擦掉，更进一步的是上墨水，以特殊双层钢片尖合成的笔，蘸上分量恰恰合宜的墨水，顺着丁字尺缓缓一条线画下去，稍一不慎墨水就摊成一片，必须换纸，一切重新来过。教授、助教不在现场，数十位同学全神贯注地画图，室内静悄悄的，此时就听见有个人接连不断地讲废话，他就是区区在下我。

又要上“三民主义”这门课，自初中到大学一年级，几乎没缺过。三民主义里有一句话：“三民主义就是救国主义。”它究竟救了国没有，尚待争议；看来还没有，否则又何必成立那个“青年反共救国团”？多少年来，打着不同名目靠三民主义吃饭的人可多了：全面性的授课，出版大量相关书籍，训练班不计其数，有的大学设有三民主义研究所，训练出不少硕士、博士来。这个主义在台湾真的为许多人带来好处，不说别人，我也是受益者之一。

那时候在台湾任何大小考试，必定考三民主义（或称社会学科），其比重与数学、语文科目相等。不是吹牛，我非常熟悉三民主义，每次考试就信笔发挥起来，得分多数都在九十分以上（就是会掰），靠着它拉上来不少平均分数。

教我们三民主义的杨教授来自政工干校[1]。此公重视出席率，上课头一件事是点名，多数同学还是想法子在点名完毕之后，乘机开溜。某次杨老师点完了名，开始讲构成一个民族的五大因

① 蒋介石于1949年在台湾提出“三分军事，七分政治”的口号。1951年蒋经国在台北北投复兴岗成立“政治工作干部学校”，即政工干校，设有政治系、新闻系、戏剧系、音乐系等，着重“正确的”政治思想教育。所谓的政治正确（political correctness），在那个年月已经推广执行了。

素：血统、语言、宗教、风俗习惯、生活，他回过头去要在黑板上写这十几个字，我们估计总得要个一分多钟吧，于是纷纷开溜。不料听见“啪”的一声，粉笔断了，他回过身来找另一支粉笔，但见快步走向门口、试图跨窗子跳出去的好几人，有如电影中被冻结住的镜头，个个僵在当处不敢动弹，教授一脸怒容但没发作，转过身去继续写板书，溜课的快速离开了教室。以后杨教授改为不定时点名。

同系有个哥们儿姓胡名北山，性格活泼，也很喜欢上课说不相干的废话、俏皮话，引得同学们哈哈大乐。我们二人臭味相投，一见如故结为莫逆。半途逃课也是我俩经常搞的把戏，当然杨教授都看在眼里。有一次杨教授点名点到胡北山，这小子就怪声怪气地答了声“有”，将这个第三声的“有”拖得非常长，室内爆出一片笑声。教授又叫了一次他的名字，这位胡哥就答：“到!”音调简捷有力，如同部队在操练。老教授光火了，以湖北乡音大声喊：“互泊伞!”

小胡还在那儿玩，他试着以英国腔调回答：“Present!”

教授厉声地说：“互泊伞不要出怪声。”

“不怪。”

教授摘下眼镜面色严肃，他吼了起来："作什么不怪，我不是在同你开玩笑的!"

这回杨教授憋不住了，历数这班学生上课时的种种恶行，破口大骂班上所有的人，并提出严重警告，若有再犯绝不轻饶。

唉！难为他了，该怪谁呢？怪三民主义好了，缺乏内容的课程，想获得这帮自视甚高的大学生的重视，不容易呀!

时隔多年，我仍然记得杨教授讲的一句话：

"信信信也，疑疑信也。"

这是说对理念或事物产生信心的两种过程：有的人从开始就相信它，而且持续保持信念，信心确立不摇；也有人抱持怀疑态度，更不断地怀疑下去，直到疑虑一概消除，信心于焉建立。至于三民主义嘛，我还处在那个"疑疑"的过程之中。

两门课几乎不及格

物理和微积分才是重中之重的工学院基础课，它们是硬碰硬的学问，读起来倍感吃力。物理教授上课认真，有江浙口音，讲课的声音低沉，坐在三排之后的同学就听不太清楚他在说什么。

数学系邓教授一口四川话，说英语也带着浓重的重庆腔。他喜欢细数中外数学家的逸事趣闻；我最喜欢听故事，对课程的重要内容兴趣却不高，习题更懒得做。那怎么混得下去呢？嘿！我的老哥们儿老靠山王七，自初中就与我同班，现在又和我是台大电机同系。我们修同样的课。没的说，到时候王七的作业，摊开看一看，他写得既清楚又整齐，免客气了，拿过来让在下参详一番便是。

邓教授说他的眼睛病情恶化，已安排好到岛外治疗，初等微积分他只教到微分部分。下半个学期换来一位非常严厉的年轻教授，考试题目超级难，我们这些尚未入门的工程学子，特别是我，初次尝到了跨越数学关卡之苦!

邓教授飞往新加坡，几位数学系的学长去送行，回来告诉我们邓先生的眼睛好得很，新加坡新成立的南洋大学聘请他为数学教授，那时候新加坡教授的待遇，比台大教授领的薪资高出好几倍。

父亲的朋友也介绍他老人家去南洋大学教中文，高薪的诱惑令爸爸动心了好一阵子，但是老爸答应过北京师范大学恩师黎锦熙教授，全心全力在台湾推广中文语文教育；去新加坡算干吗的呢？之后他就打消了这个赚大钱的念头。

学期结束，成绩单发下来，物理低空过杆，但我的微积分不及格。这并不完全意外，因为平时不用功，理念没搞通，考试前乱抓家伙抱佛脚，哪里能考得好？校方安排了暑期微积分班，赶快报名，若成绩及格就不必重修了，但是成绩单上的微积分栏只有六十分。

头一天上暑期微积分补习课，一班二十多个人，彼此多数认识，一半以上是侨生，个个灰头土脸的，败军之将不敢言勇。第一堂课来了位身材矮小的老师，走路微微有点跛脚，一手拎着本厚厚的教科书，站在讲堂上环视众同学，开口讲课声音甚为洪亮：

“带外带艾克斯，普拉斯带外带在，等于什么？(dy/dx+dy/dz=？)”

浙江口音非常重，他是著名数学家项黻宸。

项教授只简单扼要地讲重点，因为这是暑期班，必须赶时间把两个学期的微积分课程教完，而且同学们一律是“回锅油条”，曾经不很扎实地学过一遍。项老师态度亲切，上课时经常一一关心同学的学习情况：

“你……你是哪一系的？噢！电机系，不喜欢数学吗？其实微积分很容易，懂得基本概念就好，以后它对你们的帮助很大。”

他也不时地询问其他科系的情况：多少学生？专任教授有几位？

然后感叹起来：

“你看我们台湾大学数学系，只有陆（六）位教授，学生倒有两百多够（个），还要教其他科系的许多门数学课，放暑假还要教课，太且（吃）力啦！哪里有斯干（时间）做研究?”

他的期末考试不难，大家轻松过关。

某学长告诉我：项黻宸教授的学术成就闻名世界，他刚从欧洲来台大教书的时候，一心想提升本校同学的数学水平，考试题目超难；大多数同学叫苦连天，很少人敢选他的课。之后项老师改变作风，考试不再出难题了，而且分数给得大方宽松，和蔼可亲，对学生有求必应。这位学长曾经上过项教授的微分方程，期中考的成绩很不好，生怕过不了关，单独去见项老师，陈述情况：若微分方程不及格他就会面临退学的危机，请高抬贵手。项教授问：

“那么你就讲你要多少分嘛?”

他不敢多要，说七十五分就心满意足。期末考试的题目发下来，他多数会做，考完后心中踏实，自觉这回可以考到不错的分数吧！成绩公布了，他见到其他同学都得八九十分，自己只有七十五分。怨不得别人，那是你自己要的分数呀！

1970年，项老师当选“中央研究院”数理科学组院士。

最令我气愤的事：大一国文几乎被“当”掉。这简直荒谬，自幼在极重视语文教育的家庭中成长，读过不少中国文学书籍，还能平仄不乱音韵恰当地填几阕宋词、诌两首歪诗，怎么会弄到几乎连大一国文这一关都要过不去？这事要是让爸爸知道了，他老先生必然会吹胡子瞪眼，对我大吼不止！

教我们国文的傅老师，据说是清朝著名大将军傅恒之后。这就奇怪了，满洲贵族的姓都是好几个字的：爱新觉罗、钮祜禄、那拉等，傅恒是大将军的名字，后裔怎么姓傅呢？姑且不论。傅先生在台大兼课是因为新生太多，就请这位书法、文章闻名一时的老先生来教两堂国文。

统一教材是“《史记》白文”：选读好几篇《史记》中的原文，文中没有现代化的标点符号，读起来需要懂得如何断句；这是学文言文的基本功，先弄通“句读之学”，如果断句不正确，文章的意思绝对会弄错。

《廉颇蔺相如列传》是其中的一课。文中提到：蔺相如原来是赵国某臣子的家臣，该臣子姓缪名贤，《史记》白文上写的是“宦者令缪贤”，宦者令是缪贤先生的官称。但是这位傅先生在课堂上另有说法：“蔺相如原来是一个宦官名叫令缪贤的家臣。”

这是把“宦者令缪贤”断错了，他把“宦者令”分开成为“宦者，令缪贤”，将“宦者”解作宦官，缪贤先生改为姓令名缪贤。傅老师一言去势，缪贤成了太监。少不更事的我举手发言：

“宦者令是个职称，蔺相如的老板姓缪名贤。”

傅先生瞪着眼睛看我好一会儿，未置可否，低下头翻了翻书，继续讲课。

之后我就不大去上傅先生的课了，身为大学生，逃课乃理所当然之事。但是有的教师很注重出席率，屡屡逃课可以很严重。每周的作文我都交上，得到的分数与评语都不太好，如：市井俚语不宜出现在文章中，字迹潦草亟待改善等。

学期终了接到通知：“学生王正方大一国文成绩不及格，应于限定时间内与授课教师安排补考……”

兼任教师没有固定在校办公时间，打电话联系，我必须到傅先生的家里去补考。是日，傅先生正在客厅挥毫，有个徒弟伺候笔墨、铺平了宣纸，我谨谨慎慎地进来鞠躬，书法家略略望了我一眼，那意思应该是叫我就在一边等候。

写的是一副对联：“海阔凭鱼跃，天高任鸟飞。”每写完一个字，他徒弟就咿咿噢噢赞叹不已；特别是那个“飞”字，他放开来朝上一提，几乎画了个圆圈。我立刻想起精通书法的母亲曾频频告诉过我：

“中国书法用笔规矩多，画圆圈的写法最要不得。”

书法写毕，傅先生点了点头，我走到书桌前说：

“我来补考。”

“哦！教科书带来了吗？”

毕恭毕敬递上教科书，傅先生翻了翻它，指着中间的一页说：

“就把这一课的全文背给我听听。”

什么？千来多字的一篇古文，从未熟读背诵过，当场怎么背得出来呢？清朝大将军的后裔以嘲弄式的目光瞪着我说：

“怎么，不会背？”

满腔怒火，但倾全力将它压制住，我说：

“事先不知道要背书，没有做这个准备。”

“不准备就来考试，真是朽木不可雕也！”

“老师没有告诉我这次的考试要背书，而且您也没有要求过班上其他的同学背出整篇的课文。”

傅先生不高兴，眼神炯炯，真有点大将军后裔的威风。我提出折中办法：允许我复习一下，背诵课文中的一部分？他勉强同意。我仗着年少时的记忆力强劲，匆匆读了三五遍，就一口气将一大段数百字的古文背诵出来。这位傅氏后裔看着课文倾听，听完了呵呵冷笑，说：“何是其非也，何是其非也！”

原文是：“以暴易暴兮，不知其非也……”我背错了两个字。

他挥挥手示意我离去，行到走廊上还听见冷笑声连连，那个徒弟也随着嘿嘿嘿地凑趣。

那一天我体会到了一些书本之外的学问。

补考及格，大一国文得分六十。

学法文

好不容易考上顶尖大学最热门儿的电机系，头一年的成绩落得这副惨状。你都干吗去了？父亲如果看到了我的成绩单，他一定会这样问我。幸好自从我上了大学，父母再也不过问我学校的事。

除了没有专心读书，我在大学一年级这段时光里还挺忙的。常常与同系的帅哥胡北山胡混，诸如在椰林大道，找个适当的角落，静观过往美女。那时有一首Four Lads（四小子）唱的美国流行歌曲："Standing on the corner watching all the girls, watching all the girls go by！(站在角落望着所有的女孩离去！)"

土木系有测量课，那帮小子架起测量仪（其实就是望远镜），在校园丈量起来；但是他们经常测量远距离过往美女的胸线起伏变化，又发表权威性评论：今天 ××× 换了不同尺寸的罩杯。够恶劣的！

帅哥胡北山开导我：

“咱们工学院几乎是清一色的臭男生，化工系还有几个看来不错的女生，可是她们一下子就被同系的色魔趁近水楼台之便，一一设定了；泡妞之路直指文学院。”

胡帅哥用不着去文学院，这家伙条件好：体格健壮，身高一米八〇，笑口常开，而且笑起来嘴角朝上，相书上称之为“桃花嘴”。有一个阳光普照的下午，下课时突逢暴雨，上百名同学挤在几间临时教室的屋檐下等雨停。就见到一位相貌出众的妙龄少女，撑着一只大雨伞，袅袅婷婷地走过来。她站在胡北山和我的面前，问胡小子要不要同她共享一伞？胡氏桃花嘴的两只嘴角一齐高高上扬，二人在众目睽睽之下肩并肩在雨中一路远去。事后我问胡小子：

“那个女孩子是你的相好？”

“现在是啦！送伞那天才认识的。”

陌生美女雨中送伞？不像话，简直是岂有此理！

我去外文系旁听初级法语。班上稀稀落落不到二十个同学，进来一位戴着法国贝雷帽（beret）的教授，湖南口音厚重。他是赫赫有名的黎烈文先生[①]。

上了几次初级法文，原来计划去听其他外文系的课，因为那班法文课的女同学不怎么“优”，或是人家对我兴趣缺缺？但是我被黎教授一口动听的法语吸引，就继续按时来听课，勤练“R”的喉间小舌头颤抖发音。他使用的教科书是邵可侣（Jacques Reclus）编著的初级法语，民国时期的课本，内容简单易读。

---

① 黎烈文（1904—1972），又名六曾，笔名李维克、达五、达六等。湖南湘潭人。1926年先后赴日本、法国学习，获硕士学位。1932年回国，任法国哈瓦斯通讯社上海分社编译。同年12月任《申报·自由谈》主编，约请鲁迅、瞿秋白、茅盾、陈望道、叶圣陶、巴金等为《自由谈》撰稿，呼吁救亡，针砭时弊。1935年与鲁迅、茅盾、黄源等组织译文社，从事外国文学的翻译介绍工作。鲁迅出殡时，他和巴金、孟十还等人扶鲁迅的棺材上灵车。抗日战争胜利后去台湾，1946年初任台北《新生报》报社副社长。1947年起任台湾大学教授。1972年10月31日病逝于台北。

教授一生的论著、创作、翻译作品非常多:《西洋文学史》《法国文学巡礼》；小说集《舟中》；散文集《崇高的母性》《艺文谈片》；译著有《红与黑》《羊脂球》《两兄弟》《红萝卜须》《冰岛渔夫》等。

黎教授在课堂上时常不经意地娓娓而谈他在法国生活的种种：当地的风土人情、文化，非常引人入胜，当然他最熟悉的是法国文学。随手拈来说一段：法语中的“你”有tu和vous两种，tu是亲昵的称呼，vous有尊敬的意思，与中文的“您”近似。黎老师谈起某位法国名小说家的一部小说（年代久远，我忘了是谁写的小说），一对亲爱夫妻，平时说话彼此都以tu来叫对方，到了吵架吵激烈的时分，他们就称对方为vous了！

因为是旁听生，没有压力，兴趣只在法语发音及听黎老谈法国，我的学习态度不够积极。某次黎老师发觉我连Qu'est-ce que c'est?都拼错，很不高兴，他说：

“学了半个学期的法文，怎么最基本的Qu'est-ce que c'est?也不会？唉！学好外文只有一个办法，就是要下死根乎（死功夫）！”

惭愧！根本问题就出在不肯下“死根乎”，就凭着点小聪明、记忆力好，这样胡搞乱混下去，恐怕终究不是办法。老爸早有告诫：“你看京戏科班出身的演员上马下马甩袖子，动作潇洒、自然、漂亮，人家可是台上一分钟、台下十年功，长期苦练才能做到那个份儿上。”

心浮气躁，眼花缭乱，每天尽忙着好玩儿的事，哪里听得进去。旁听了黎烈文教授的法文课一学期，没继续学下去，哪里有什么程度？只掌握了一点法语的发音，有时噘起嘴来念几个法文字句，外行人听了还说：“你说得一口法文呢！”

其实就只有那一口。

1972年我在美国宾州大学拼博士学位，论文完成了，口试过关，尚未毕业，因为还要通过“第二外国语”考试。早年中文不被列入第二外国语，理由是以中文发表的学术论文十分罕见。法语是我唯一曾涉猎过的欧洲语言，然而深知自己的那点儿法语程度，根本不可能通过任何考试，傻眼了！

选修了宾州大学专门为通过第二外国语设立的暑期法文班，为期六周，每天上四小时的课；是一种强力恶补。一位年轻法国人教前面的三星期，轻松和蔼但不严格，照本宣科。后三周的女老师有经验，教了不少窍门儿：通过第二外国语考试着重在法文译成英语，这两种语言有很多相似之处，譬如法语的chateau就是英语的castle，等等。简言之，这二人教课枯燥呆板，哪里比得上黎烈文老师一会儿说着巴黎法语，一会儿以湖南口音谈民国往事，真是趣味无穷。

暑期结业，满脑瓜子的法语，趁热打铁赶快安排应考。

胆怯地敲门，办公室内有人以法语说："Entre.（进来。）"

巴黎来的达将赛教授面色严肃，说明来意后他从书架上拿下一本法文教科书交给我，说：

"先去读这本书，十天之后回来考试。"

"噢！请问……是怎么样的考试？"

"简单，我随便翻到书中的一页，你用英文说出正确内容来。"

那是本法文的电子学，内容不会有看不懂的地方，但是要实时以英语逐字逐句正确地翻译出来，必须一页一页地仔细去读，查字典做笔记，全书共三百多页。开始认真地读，拦路的生字生词一个接一个，有时候生字都查出来了，还是不太懂它在说什么，语言程度的提高，不在一朝一夕，这要搞到哪年哪月去？情况不妙。

正在读毛泽东的著作，其中有一句：集中优势兵力，各个歼灭敌人。我的法文溃不成军，哪里有什么优势兵力可言？又读到：将敌人引进对自己有利的战场，乃转败为胜之道。

战场就是教授指定的那本生字繁多的法文电子学。

找来两把颇有厚度的木尺，分别夹在法文电子学那本书的四分之一和四分之三处，平时以十多本厚书压在上面，有空就用心研读两把尺子夹着的那些课文。不久，已将这四页课文读得滚瓜烂熟了。

按时携带那本书到达将赛教授办公室应考，当然，两把尺子已经取出来。达将赛教授忙着讲电话，好一会儿才结束，皱着眉头接过书来随手翻开，您猜他翻到的是哪一页呢？教授指着那一页说：

“就从这页的第二段开始。”

我捧着书轻声地略略以法语读了几句，然后就如同背台词一般大声用英文念出来，偶尔还故意在几个地方结结巴巴地做了更正。几分钟后但见达将赛教授不耐烦地挥挥手，说：

“All right, you passed.（好了，你通过了。）”

鞠躬道谢，退出办公室。这算不算“活学活用毛泽东思想”？

枫叶剧社

枫叶剧社社长王尚义

初为大一新生的头一个星期，就在校园各处布告栏寻找：有没有我喜欢的、好玩的社团。发现一个设计简陋的小告示："枫叶话剧社举办迎新会，欢迎新同学参加……"

迎新会的地点在第五临时教室，从窗外看去里面有二十来人很开心地说说笑笑。迎面来了一位着白色衬衫的高瘦青年，笑容满面伸出手来说："欢迎来参加枫叶剧社，请签名。"

我在签名簿上写了姓名、系别、联络地址。那位青年递给我一张名片，上面有"王尚义，河南寒冰"几个字。我问：

“这个河南寒冰距离郑州有多少里?”

“寒冰是我的字。”尚义笑着解释。

讲台上有位大块头声音洪亮的同学，正在自我介绍：

“我是枫叶剧社的现任社长，法律系四年级……”

台下一个穿着长袍的瘦子，戴一副黑框大眼镜，他大喊：

“你已经五年级了!”

社长有点尴尬，他笑着解释为了加强自己的学习，多选了好几门课，所以要晚一年毕业。那个瘦子还在那儿嘿嘿嘿地笑个不停，又叫着：“这不就是留级吗?”

枫叶剧社改选，新社长是医学院的王尚义。我上前恭喜他，尚义抓住我说：

“来参加我们排戏，这出戏校庆的时候演出，也没几个礼拜了。”

陪着尚义走回他的宿舍，我问他：

“那个戴大黑框眼镜、穿长袍的瘦子是谁?”

“哦，他是李敖，字敖之。”

“你们都有个字，明天我也来他一个。”

“那个敖之是有它的意思的：古有杜牧字牧之，今有胡适字适之，他就来个李敖字敖之。”

“行啊！有气魄。他也喜欢演话剧？”

“完全没兴趣，可是每年迎新会他都到，看看有没有新来的漂亮妞儿。”

经常见到李敖之在椰林大道缓步而行，一袭长袍，天寒起风的时候他围上一条围巾，像极了民国初年北京大学的学生，我们叫他“长袍怪”。最令人不解的是，陪在他身旁一同踱步的异性伴侣，个个都很出色。

排练话剧的乐子很多。几个人先对台词，南腔北调荒腔走板，笑料不断。台词熟了按照导演的安排走位子，也是一阵阵的混乱：左右不分、转过身来以屁股冲着观众，顾此失彼。有的很快地就进入剧情，演得有声有色起来，当多数演员都挺契合地你一言我一语地对上，这场戏就活了。再认真排练下去，有时候会出现意想不到的惊喜，那可是导演最开心的时刻。

一两场戏排下来，演员的优劣立刻看得出来，而且会不会演戏是一种与生俱来的天分，缺乏表演细胞的人实在不必使劲了！

可是世间就常见到许多人，毫无戏剧概念，倾九牛二虎之力在那儿献丑，整个不对碴儿，肉麻当有趣，尽情虐待无辜的观众，罪不可赦。

“台上见”是另一种人，有点演戏天分，平时不专心排练，迟到缺席，无精打采。正式演出的时候精、气、神全上来了，常作惊人之笔，动作多、胡乱加台词……与他对戏的人当场不知所措。记得曾看过一位“台上见”演员，演出时运足了气，夸张地走台步，他走一步放一个响屁，一共放了六次，台上台下都笑翻了。

枫叶剧社正在排练的是一出反共抗俄剧，在当时政治不正确的戏绝对不准演出。这出戏说的是一个家三姊妹，分别与陆、海、空军三位年轻英俊的军官谈恋爱，几经波折，最后都是有情人终成眷属。故事庸俗，情节简单，台词中不时有反攻大陆解救苦难同胞的话。在那个年代，台湾的职业军人待遇微薄，找对象困难，多数打光棍。这个剧本应当是政工干校为了鼓舞军队士气撰写的。请来的导演是政工干校的导演金马，他说这出戏在军中演出过很多次了，挺受欢迎的。

看学哥学姊们排戏，我打心底里就不太佩服：半途忘词儿，有人说着方言还猛吃螺蛳，或是表情出不来又夸张得令人冒冷汗，笑场，进出方向错误，不到时间他又下去了……距离演出只剩下两个星期，金导演不时地唉声叹气。我真的有点担心，就这副烂样子如何上得了舞台？

反倒是在休息时间大伙儿闲聊最为有趣，你一句我一句地开心得不得了，其间更有男男女女互通款曲打情骂俏的场景。某学长幽默过度，突然冲着女主角来了一句：

“唯女子与小人难养也！”

女主角勃然大怒，将一杯热茶倒在这位学长的头顶上。

总觉得换我来演剧中的任何一个角色，比他们都强得多。可是身为大一新鲜人，只有在一旁观察的份儿。距离彩排只有一个多星期了，王尚义找我私下商量一件事，他颇为焦急地说：

“那个演爸爸的小子刚才告诉我，他家里有什么急事不演啦！你说这算个啥？简直在扯淡。”

当社长的大小事务必须一肩扛。尚义自言自语：

“都要彩排了这小子还给我来这一套，估计他是嫌戏份儿太少。”

尚义的目光直射过来，说：

“那么你就来演这个爸爸行吗？”

还没来得及反应，尚义接着说：

“反正只有一场戏，台词不多，你也看熟了他们的排练，彩排的时候你上去照着本子演，不成问题的，我看准行。”

废话，这么个小角色怎么会应付不了呢？只是心中不太痛快，那时我年方十八岁零四个月，论长相、身材，再怎么说洒家也是个英俊小生的材料，却不得已要在戏台上演老头子！罢了，按规矩来，救场如救火，就在舞台上游戏一番也是乐事。

剧中的爸爸在最后一场戏才出现，三个女儿同时带着她们海、陆、空三军的帅哥男朋友去见父亲，大伙儿围上去叫爸爸，老头子很开心，摆上一桌酒席，最后举杯庆贺，讲了一段话，说什么：今后我们这个家就是“三军之家”了！剧终落幕。

嘿，这都叫作什么狗屁剧本嘛！怎么办，将就着演吧！

初次上舞台怎么能不紧张，脸上化了装痒兮兮的又不敢去抓，但觉得喉咙发干，口水吞不下去。走上舞台灯光直射过来，眼睛几乎睁不开，头一句台词说了两遍，因为第一次的声音没出来，之后就一切自如了，顺利完成任务。自此剧社所有的人都叫我老头儿。

有人写了篇剧评，说这次枫叶剧社的演出不怎么样；把几位主要角色的表演一一做了评论，说唯独那个演爸爸的看来很有经验，表情丰富，台词说得清楚自然，只是有个把手插在口袋里的动作，吊儿郎当的样子不大像老人家。

尚义约我在台大附近的四川馆子喝酒吃饭，讨论下一出戏的筹备工作。一致反对浪费时间演反共抗俄的烂剧本了，说总得演一两出有意义有点深度的戏才对。他向我介绍挪威名剧作家易卜生，我听过这个人的名字，但是不晓得此人是何方神圣。尚义说此公写的剧本太有震撼力，读了之后会让你浑身起鸡皮疙瘩，早年在欧洲易卜生的作品就饱受争议，因为他触犯了许多陈腐旧有的道德规范。后来易卜生被尊崇为现代现实主义戏剧的创始人，他的剧作是“思想的话剧”。

太了不起啦！我随之兴奋起来，那么我们排演易卜生的哪一部戏呢？尚义认为,《人民公敌》最带劲，但这个剧本的讽刺性太强，绝对通不过课外活动组的审核;《皮尔·金特》非常有意思，但剧中的角色多、戏份重，枫叶剧社哪里有那么多高水平的演员？我们就先排《玩偶之家》(*A Doll's House*）吧！女主角娜拉的戏最重，选对了人应该会很不错的。

尚义借给我《玩偶之家》的中文译本，当天晚上读了两遍。十九世纪北欧家庭的故事，贤惠的主妇娜拉为相夫教子尽心尽力，她的先生是个男性社会的代表人物，只把娜拉当作一个供自己赏玩、他人赞赏的漂亮玩偶，双方完全无法沟通。在一次家庭危机中，娜拉目睹了她丈夫的自私、懦弱、对妻子的漠视和冷酷无情……下定决心，毅然抛弃了丈夫和幼儿，走出这个玩偶之家。简单的几个人物，剧情铺陈得自然，高潮迭起。远在十九世纪的欧洲，易卜生不平则鸣，就为妇女解放写出这么有力的剧本，真叫大师呀！

全剧的灵魂人物是娜拉，这个角色必须要美丽、温柔、善解人意、刚强、理智、勇敢（她也应该很性感)，一人扛起全剧来，否则这出戏就看不下去了，谁来演娜拉？商讨了许久，想遍了台大的各位美女、名女，适合演娜拉的人去哪里找？尚义为此伤透脑筋。

某日尚义兴高采烈地来找我，说：

“走，咱们一块儿去见美女！”

美女是一位外文系四年级的学姐，身材修长，不打扮，衣着淡雅，浅浅地微笑，气质迷死人。他们二人聊剧本；学姐对外国文学知道得真多，她谈易卜生的创作：《玩偶之家》是根据易大师友人亲身经历撰写的，又提起英国文学，法国的莫里哀、加缪的小说、存在主义……最难忘她的声音，不急不缓略为低沉，内容是那么有条理有深度，倾听美女论西方文学，那是一种醉人的享受。

尚义央求她演娜拉，学姐轻轻摇着头说快毕业了，一篇论文还没有完成一半，哪有时间去排戏？我们两个不断恳求，说这出戏如果没有你来担纲，简直不用谈了。学姐淡淡地笑着，垂下双目，轻声说：“让我考虑几天。”

搭乘公共汽车回宿舍，尚义很肯定地说：

“她说考虑几天那就八九不离十了，这出戏绝对精彩。我来演娜拉的丈夫，一个自私自利的大男人主义者，你演兰克医生。”

兰克医生是娜拉的好友，二人无话不谈。剧中有一场重要的对手戏。兰克告诉娜拉自己患有绝症，将不久于人世，一定要说出心底的话：多少年来他一直在暗恋着娜拉。娜拉深受震撼，但是不敢泄露自己的真实感受，只掩饰地回应，说她永远是兰克的好朋友。

我来演这个兰克先生真是太合适啦！头一次见到她，我就默默暗恋上了这位风华绝代的学姐，幻想日后在舞台上，可以尽情发挥对她由衷的，但无处诉说的真挚情感。我兴奋到好几个晚上睡不好。静候课外活动组的批准，然后我们就可以积极展开排练了。

尚义拿着一份文件夹子，在校园无精打采地迎面走过来，我问：“课外活动组有消息吗？”

“枪毙了！他们叫我过去听训，说那个姓易的根本就是个中国共产党党员，他写的剧本绝对不准演。”

“什么？易卜生姓易，他还加入了中国共产党，这都是从何说起？”

“嗐，咱们就凑合地活着吧！”

“去哪儿呀？”

尚义举起手中的文件夹子，露出嘲讽式的微笑，他说：

“去广播电台喊万岁，明天不就是青年节了吗？”

“你干这个？”

“效忠领袖，时代考验青年，青年创造时代。”

《玩偶之家》被枪毙，我失去了在舞台上向美女学姐倾诉爱慕之情的机会（虽然那只是演戏），耿耿于怀良久。有一次在街上巧遇美女学姐，她很亲密地和一名空军飞官[①]（当然是个帅哥）挤在一辆三轮车里……唉！甭提多失望了。

① 即空军飞行员。

我是“枪手”

大学头一年的暑假来了，我除了上暑期微积分的课程之外，其他便毫无计划，与自幼同班的几个老伙伴，没事找事地鬼混着。瞿树元家的房子大地方宽敞，林宏荫从东海大学回来，几个人每日泡在瞿家胡扯：如果交上个女朋友该多好，男女之间的那个事儿办起来多美妙！纯属幻想，谁也没有实践经验。有时候也评论天下大势，穷极无聊。

有一天孙学长特地约我去省立师范大学，说他这个月的宿舍饭票多出来好几份，不帮忙吃就废掉了。师大宿舍的伙食真的很抱歉，两个菜一个汤，地瓜叶炒得软趴趴的有气无力，另一个菜里放了些切作条状的肉，是连着皮的肥肉，末端有一小坨瘦的，那个汤基本是清水加了点酱油。我说：

“你们每天就吃这个呀！够营养吗?”

“不够就在那边多加点菜。”

孙学长指了指餐厅窗外的几个小摊贩，我过去买了几条煎鱼、两块熏肉，两人吃得颇为开心。

母亲在大陆当某小学教务主任时，孙学长就在那儿读书，他曾是个顽劣不驯的皮孩子，我家老母能够将这个冥顽不灵的乡下学生，教导成为用功上进的好学生。抗战胜利后孙学长与我们失去联系，没想到有一天他突然来台北找我们，见到他的恩师曹老师（家母），立即下跪行大礼，声称如果不是牢记恩师的教导，每天努力读书，他无亲无故只身在台，怎么可能考上大学？我家老母把孙学长看作她一生的教学成功典范，屡次当着我们兄弟俩的面说：

“这个学生比我两个不听话的儿子强多了。”

孙学长比我年长好几岁，是我的学习对象。大学联考填志愿时，我听从孙学长的建议，将台湾大学电机系列作第一志愿，居然侥幸上榜，大大出乎父母亲的意料，老爸高兴得到处向他的亲友说：

“没想到小方这孩子居然临危不乱，考上第一志愿，嘿嘿嘿！”

亲友们就凑趣地说：“那当然，虎父焉有犬子？”

孙学长吃完了最后一条油炸小鱼，抹了抹嘴巴说：

“你再去考一次大学好不好？”

“干吗呢？我没那么无聊。”

“帮个忙，我的好朋友小陈想上 ×× 专科学校，但是凭他那点程度，肯定考不上，你给他来个‘护航’怎么样？”

当时的台湾各大学联合招生，还没有全盘统一，许多专科学校自行招考。

孙学长是抗日军人遗族，他父亲在台儿庄大捷中，身先士卒，率领弟兄们攻打日军堡垒，壮烈成仁。后来学长在大陆读遗族学校，随着部队撤到台湾。遗族学校的同学们都是孤儿，彼此互相扶持，感情特别深厚。小陈就是孙学长遗族学校的好哥们儿之一，我估计这下子恐怕赖不掉了。我说：

“考个专科学校不难，你帮他‘护航’就行了。”

“哎呀！小陈原来是要我替他‘护航’的，但是我都快大学毕业了，考大学的那些东西早就忘得光光，哪里还拿得起来？你去年才考过，而且成绩挺不错的，记性又好，随便翻翻书考个专科学校简直不在话下嘛!”

孙学长约了小陈和我在师大宿舍餐厅见面。迎面来了位五短身材的年轻人，初见面小陈很热情，谈笑风生地向我拱手拜托，事成了定有重谢。

考大学当“枪手”的方式有二：其一是直接冒名顶替，我就拿着小陈的准考证入场，两天考下来监考官没有察觉，一切大功告成；其二是“护航”，我也报名去考，如果座位排在小陈的前后左右，现场就来个偷看、快速照抄、传递纸条等老套招，一样能达成任务。

冒名代考通常使用的惯技是：将这两个人的大头照底片叠在一起洗出张照片来，那张照片既像这个人也像那个人，关键在于现场只有我出现，监考官看照片，会觉得那人当然就是我！然而风险很高，万一被人看出破绽来，这个“枪手”的罪过不小：查清楚了至少开除学籍，严重起来判罪坐牢等等恐怕都逃不了。更何况我的长相和小陈差距太大了，小陈最有经验，他说：

“一个脸长一个脸特别短，叠在一起洗出来的照片就像头怪物！”

孙学长和小陈都认为，“护航”是最妥当的办法。他们告诉我几条“护航者”须知：

1．在考场彼此装着互不认识。

2．答卷上的字尽量写得大一点，字体不可潦草。

3．警觉性要高，动作要快，避免引起监考老师的注意。

4．答案抄好了，“护航者”立刻把它涂改或删掉。

5．不要提早或延迟交卷。

为什么要把答案涂改掉？

“改考卷的人有限，”小陈做权威性的发言，“如果是同一个人在同一段时间里，看到答案完全相同的两份考卷，他会有什么想法呢？”

然而我对“护航”有一个疑问：怎么能保证小陈和我在考场上的座位一定会是一左一右或一前一后？如果小陈坐在我前面，他必须回过头来看，动作太大岂不是很容易就被监考官逮到？小陈胸有成竹：

“据过去的经验，一同去报名，报名的时候也要装着彼此不认识，通常在考场安排的座位会是挨着的。如果我坐在你前面，就得靠你传纸条了，哈哈!”

“哦，我们要一起去报名?”

“不用，”孙学长说，“你把高中毕业证书、照片、图章什么的交给我就好，我同小陈后天去报名。”

最后的决议：这次小方就帮小陈好好地“护航”吧！三个人互相握手，然后小陈请大家在师大男生宿舍的餐厅吃饭，孙学长拿出他的饭卡来，打了三个洞，小陈自小吃摊贩处买来一大堆的肉和鱼，补足了三个人的营养。

在家里翻看去年考大学的书籍与笔记，念不到一个钟头就开始发困。唉！不是自己的事，实在很难提高积极性，走着瞧吧!

一大早怕惊醒家人，蹑手蹑脚地出门。这事儿让父母知道了还得了？孙学长睡眼惺忪地在台北车站等我，我们搭乘往基隆方向的火车。×× 专科学校依山面海，环境幽雅。手持准考证进考场，小陈面色严肃一眼也不看我，他就坐在我的左侧；这太理想了，我以右手写字，小陈的视力好到可以去考空军飞官，我放下左手来，考卷上的答案，他就一目了然了。

头两场考的是国文、三民主义，进行顺利，监考官没有怎么注意我们。小陈眼明手快，记性好，随便瞄他几眼就一口气抄好了，国文考试的那篇作文，他也抄写完毕，我随即将作文完全涂掉，再胡乱写了几句，提前交卷。

第三堂考数学，小陈告诉过我，他对数学最没办法，只有算加减法的程度，到时候恐怕抄都会抄错，这一堂考试的挑战性最高。

数学考题不难，我匆匆地做好了一半以上，把左手放下来，考卷向左边略略推过去，以眼角余光看小陈。他完全不朝我这边看，还装模作样地皱着眉头看考卷，我轻轻地咳嗽了两声，小陈快速地瞄了我一眼，转头寻找监考老师，那老师走到教室的前面，呆呆地望着窗外的木瓜树。小陈指着他考卷的右上角，我一时不懂他的意思，他比了个交换的手势，又朝着我的考卷噘了噘嘴，我看了看自己的考卷：啊！右上角是小陈的准考证考码。

为了保证考试的公平，那时采取的是“密封考卷”制度：考卷上不写考生的姓名，用一细纸条横向并排印上两个考生准考证的号码，左边的号码用一张小纸封住，贴在考卷的右上角，右边的号码露在外面。考生入场前，监考官先依照考卷右上角的号码，发考卷到每个考生的座位上去，考生入座后，答写座位上那份有他正确号码的考卷。交卷时监考官应当与考生一一核对考卷上的号码正确无误之后，把右上角露在外面的号码撕去。这样处理后每份考卷都没有姓名或号码，阅卷老师可以秉公打分数，最后再将考卷右上角密封着的号码揭开，谁得了多少分方才真相大白。

钟声响起，考生们纷纷趋前交卷，监考老师忙着收考卷，没有时间来核对准考证号码，小陈敏锐地观察到了这个情况。

他的数学基础太差，一直担心抄也会抄错，于是在数学考试进场的时候，小陈走向座位，趁着人多监考官的视线被挡住，过去就把已经放好在我们桌面上的两份考卷来了个互换，何等的胆识！这场数学考试轻松愉快，我慢慢地把题目有条理地演算出来，工整地写好答案，侧眼看见小陈在那里低头做苦思状，间或也在考卷上写写画画的。时间到了，随着众考生挤到前面去交卷，没有出任何状况，头一天的工作顺利完成。

第二天考试的头一堂是史地科，题目相当容易，我匆匆写好答案，向左移考卷过来供小陈抄写，顷刻之间他就抄好了。时间尚早，又不可以提早交卷，想起来应该涂改答案，还得故意写些文不对题言不及义的话，实在烦人。其中有一题是："中俄密约的前因与后果。"

我对这段历史比较熟悉，也曾看过些课外读物，有人为李鸿章打抱不平，弱国无外交，怎么能把责任都推在李相国的身上？何不在此写他几段，发表不同的看法？想起来孙学长事前频频叮嘱，万不可那么嚣张，避免引人注目。

于是我就在考卷上画起漫画来：开始画的是李鸿章，全副一品大员的清朝顶戴，瘦长的苦瓜脸，须眉和眼睛呈八字状下垂，满面愁容；旁边再画了一名俄国老毛子，厚嘴唇鼻子奇大，面貌狰狞，指着李合肥做骂人状；老毛子的嘴边有一方块，其中写着："他妈的老小子，你要给我保密。"

这是简单的"中俄密约"图解说明。

画得兴起，又画了一幅勃起的立体男性生殖器图。看着它没什么特别之处，就将龟头部分改成立方体，立方体的顶部如一块平地，就在上面画了一座房屋，屋顶上有烟囱，那家人正在生火做饭，烟囱中冒出的炊烟不断。图下写有四个字：方枘圆凿。

最后一堂考理化，小陈没有逮住机会同我换考卷，那些物理演算和化学分子式等等，对他来说简直有如天书，分明能看得清清楚楚的，他还是不会抄。小陈急得满头大汗，怎么办？我也跟着他着急，一时大意我就轻声地告诉他该怎么写，不自觉地，声音大了些。

忽然我的座前出现了一个巨大的身影，监考官如凶神恶煞般站在我面前。不敢接触那人的目光，我和小陈都低下头做忙着写答案状。监考官走开，我见他到了教室的另一头，没有往这边看，便又悄声地同小陈解释某道题该怎么答。监考官大步走过来，叫我起身同他出去。

走到教室外的一棵大榕树下，监考官转过身来怒冲冲地大声说：

“我注意你很久了！作弊的行为我最不能容忍，准考证给我交出来！”

如待宰的羔羊，乖乖递上，那人气愤不已，接过准考证略略看了一眼，三下两下将它撕成碎片，丢进路边的水沟里，然后他大踏步走回考场。我独自站在那里发呆，孙学长和他的几个遗族学校同学，不知道是从哪里钻出来的，拖着我走到远处的阴凉地，坐下来问我发生了什么事。

听完了我的简单叙述，孙学长安慰我：

“别担心，准考证已经被撕碎下沟了，他们又能把你怎么样呢？小陈没事吧？”

“可能没事，他还在教室里发愁，每一题都不会做。”

孙学长弯下腰踏着小碎步到了教室窗下，大概是偷偷地和小陈比手势要他安心，问题不大。学长又小跑着回来，他从书包里拿出纸笔来，说：

“那几道题目你还记得吗？”

“当然记得，我又没有得失忆症。”

“赶快把答案写出来，我想办法pass给小陈。”

我拿过纸笔一口气地写答案，孙学长还在一旁嘱咐：字写得小一点，不要太潦草。年轻时记忆力超强，一挥而就不在话下。遗族学校的一位大哥赞叹着：

“哎！这些你都记得那么熟呀！”

他们几个人低声讨论，想出了一个计划。有位看来较年长的遗族学校同学，装扮成学校校工的模样，敲门进教室找监考官讲话，孙学长负责趁机行事。我觉得好紧张，在远处遥望他们执行这项计划。

不一会儿他们回来了，开心地互相推一把踹一脚的，说笑不已。孙学长对那位假扮校工的同学说：

“你那副德行真像工友，以后就干这一行不愁没饭吃了。可是你说错了一句话，应该是总务处派你来的，你说是教务处。”

“可是那个傻子完全相信了，还跟着我到教室外面去看屋顶的瓦，我警告他千万小心，瓦片掉下来会砸到学生的头。”

孙学长就趁着这个空当，将我写就的两页答案搓成小纸团，顺利地从窗外pass给小陈。

“护航”任务圆满完成，小陈不惜血本，买了三大瓶台湾啤酒请大家喝，就在那个专科学校的校园操场的大榕树下，大家传递啤酒瓶子，一人一口轮流喝，十分痛快。遗族学校的同学们多数无父无母，师生随着部队撤退到台湾，经历过许多灾难，也没机会受到完整的教育，彼此互相照顾，这次他们同心协力，为小陈办了件大事。

几个星期后，孙学长告诉我，小陈以高分录取，秋季入学××专科学校的机械系。我也接到××专科学校寄来的成绩单：数学0分，当然啰！是小陈写的答案，他一题也不会做。我的史地也考0分，嘿嘿！那位阅卷先生见到我的两幅漫画，大概就怒火上升，打上几个大叉叉，完全不能欣赏我的幽默感。

有一天孙学长来找我，低声问我们兄弟俩：

“小方‘护航’的事王老师怎么知道了呢？”

王老师就是我爸爸，他老先生是台湾师大国文系教授。怎么可能？这件事我们严加保密，从来没有透露半点消息。孙学长说：

“就是前天，我在师范大学的走廊上遇见王老师，他一脸的不高兴，盘问我是不是教唆小方替别人考什么大学了？他知道得还不少，我只有笔直地站在那里听训。老人家愈骂愈来劲，说：‘我们家出了第五纵队，瞒着我干这种事……’‘小方干这种事要是被逮着了，他的一辈子就被你给毁了……’骂了至少有四十五分钟。”

“哦！后来呢？”

“后来他老人家累了，叫我跟着他去学校医务室休息一下。

到了那里王老师想量体重，他把鞋子衣服统统扒掉，我就在旁边替他拿着。他只穿一条内裤上了体重计，还说这个磅秤不准，上次量没这么重呀!”

老先生怎么知道这件事的？啊！孙学长经常来我们家里混，一时兴起，就聊起为小陈“护航”的许多趣事，还笑呵呵地说个不停。住在日本房子里，完全没有隔音效果，大概老爸一五一十把这事都了解了。父亲是位自由主义者，孩子上了大学就采取全盘放任政策，从不过问我的事；也是因为我进入了叛逆期，父母亲说什么都不甩，而且态度恶劣。但是这种“当枪手”的行径危险而过分，孙学长本是罪魁祸首，焉得不挨骂？

孙学长结婚照

大学生活琐记

台大“耍废”的创始人

工学院新鲜人的课程大致相同，到了二年级，我们才正式上第一门电机工程的入门课：电工原理。教授是系主任盛庆崃，他人高马大，上海交通大学出身，一口上海国语听着迫切，据说是位围棋高手。电工原理属于必修基础课，开始时没人敢逃课，大概系主任的事务繁忙，他上课经常迟到，有时候二十分钟过去，盛老板才姗姗来迟。授课时间短，教授只讲个中的摘要，然后说：

“下面这几个sections，你们自己看看就好。”

懒惰如我，心中杂念又多，更何况用的教科书是美国大学的原文本，阅读英文教科书的能力还有待提升，通常就懒得去“自己看看”了。到了考试的节骨眼儿上，晕头转向乱抓家伙啦！找到一本萨本栋教授数十年前在大陆编写的中文《电工原理》教科书，对照英文教科书阅读，应付考试勉强过关。

教科书一律是盗版的英文书籍，整个台湾穷得厉害，没人买得起原版书。智慧财产权之说早已有之，为了尊重老外的智慧财产，咱们没有教科书用，就不学了，知识传播也要收版税吗？去他的，关上门来盗印，权宜之计，学习至上。

当时我的那点英文底子面临考验，为了应付考试硬着头皮啃原文。突破语文障碍还算容易的关卡，一两个学期过去，读原文教科书的功力练就，难在专业性概念的理解，如果教授未曾做清楚的讲解，又懒得去参考其他的书籍资料，就变成囫囵吞枣，死记硬背，理路不通。同学之间流行一句话：“看不懂就信仰了它吧！”

工学院的教授们，分本省外省两类。外省籍教授多数来自上海浙江一带，以江浙口音授课。教电磁学的冯简老教授，资历深厚，曾经去过北极勘查北极光。他身材矮小，爱穿长袍，头发稀疏蓬松，有如一棵毛山药。不时伸出拇指食指中指，相互垂直代表电场磁场等的三个垂直方向，上下移动，口中念念：

“沽兹沽兹，遇到electron，它会那么一转，因为Electron is nothing but a beautiful girl（电子就是个漂亮女孩子）。”

只有丁成章教授的国语比较标准。他讲课生动，出的考题超难，每次考试大家都被“烤”到发焦。他就在考场好整以暇地说：

“对不起，这是我们电机系的饭碗，一定要会。”

讲课时最喜欢中英文夹杂，如：

“这两个fields是perpendicular九十度。”

班上和我胡闹程度差不多的帅哥胡北山（这小子每天脑海里都浮现着男女交欢图），见面互相问候：

“怎么样，今天早上又是perpendicular九十度？”

本省籍教授，受的是日本教育，课堂上要求严格，讲解演算按部就班。教重头戏电子学的李举贤老师，有一套精准的线路分析法，只是最初听李教授的英语，颇为吃力；譬如他老说“巴理共”，那是什么？原来是可变电容器（Variable Condenser），日本人将它简称为Vari Con，以平假名式的英语读来，就成了“巴理共”。我并没有认真地上李老师的课，他一丝不苟，学期结束我接到通知：补考电子学。这下子不好玩了，猛K电子学半个暑假，灰头土脸地去补考，考场上有十多位同学，多半是侨生，默默地做好几道相当容易的考题，交卷回家。这门课过关了，成绩六十分。

（我一直保留着上电子学课时抄的笔记，多年后在美国，我当上电子线路设计分析工程师，就沿用李老师传授的方法，一五一十地设计分析起电子线路来，挣钱养家混了三年多的饭。）

台湾刚刚进入电视时代，对门邻居从美军顾问团的PX商店弄来一台老电视，装好了却收不到信息。我刚刚在学校修了“电视通讯”这门课，自告奋勇为他做了诊断，结论很简单：电视应该没问题，只缺少一根天线。那好办，就让我这个台大电机系的学生亲手做一根高级天线来表现表现。

按照教授的讲义，拉起计算尺算出尺寸，找材料亲手打造，挺认真制作了一根Yagi电视天线。完工测试，我站在屋顶举着天线左右摇晃，电视机就是不出人影。主人打电话叫来电料行的小弟，他拿一只掰开的铁丝衣架当天线，接好之后就在室内举来举去，电视上的影像就出来啦！然后电料行小弟很鄙夷地看了一眼我做的Yagi天线，冲着我吹起牛来说：

“吉马（现在）挖（我）的电气研究太多哟！”

当场无地自容。回家再演算一次，用的光速数据有错误，我做了一个只有十分之一大小的VHF天线模型。

班上高手云集，每个学期“书卷奖”的争夺战很炽热，但是和我全无关系。程度好的同学不少，竞争书卷奖的精英们也都乐于助人，像我这种平时忙于外务的家伙，到了期中期末考，免不了陷入深度焦虑。临时抱佛脚，但是教科书看不大懂，逃课太多笔记不全，跨上脚踏车去找郭德盛（曾任台大工学院院长，台大教务长等）。老郭为人温文儒雅，屡屡是班上的第一名，我同他在建国中学同学六年，铁交情摆在那儿，他怎么能不管我？德盛兄放下手边的事，仔细地与我一一复习，最后他总会叹一口气说：“王正方，你实在太懒了。”

我一点也不懒，只是花太多时间不务正业而已。班上的其他精英通常就给我们后半段的开特别课，抓时间做恶性补习。刘兆汉和王孔启（绰号大乌，因为他的“乌功”甚高），都有“人之患”的毛病，他们轮番上阵讲考试重点。我觉得这种恶补比教授、助教讲的实惠有用多了，情势紧迫就非常注意地听，抓住要点。他们屡屡帮助我们这些后半段分子勉强惊险过关，功不可没。

纵然有这等好事，座下还有人不进入情况。王大乌在台上讲得头头是道，帅哥胡北山老在那儿问东扯西的，打断进程。大乌忽然火了，他说：

“胡北山你都在扯些什么，这东西你懂吗?”

于是王大乌转身在黑板上只两三笔，就画出一幅栩栩如生的讽刺画来！我至今仍对大乌兄的那两笔素描印象深刻。他在华盛顿州立大学做了大半辈子的电机工程王牌教授，但是他与生俱来的艺术细胞，看来没有机会得到充分的发挥。

我在同学之间以娱乐性强而著称，也乐于助人，人缘算是不错的。某同学绰号“又失恋”，暗恋理学院的一位美女已久，他不时向我吐露心声：

“小美人捧着两本教科书，在椰林大道上缓步而行，一步一个袅娜多姿，看得我心里一揪一揪的，很多晚上睡不着觉，总得想个什么办法去认识她吧！”

好办。我大略掌握了小美女的作息，每周二、周四下午四点多钟有机化学下课，她会沿着椰林大道往女生宿舍走去。我和胡帅哥在两个交通要道口上，装着没事儿的样子左顾右盼，远远看见小美人单独（这个“单独”特别关键）缓缓地走在椰林大道上，我们远远地比起手势来，示意“又失恋”可以行动了。但见这位失恋哥踏着单车快速地过来，像是刹不住车，几乎撞上小美女，她惊呼一声。远远地见到他们聊上了，一男一女并肩逐渐走远。

我们在另一端等候着，他们互相道别，“又失恋”脚步轻快推着自行车走过来。我说：“怎么样，一切顺利吧！”

他神色亢奋地告诉我们刚才与小美人的对白，上嘴唇止不住地微微颤抖着。

参加舞会属重要活动。我也办过好几次舞会，规模最大的一次是以建中同学会的名义办的：请来一支四人乐队，又有同学客串演唱，卖二十元一张票，来宾有七八百人，算是一桩盛事。电机系的同学认真读书，很多从不参加这种活动。努力劝说：老王办大活动总要给个面子嘛！麻烦，推三阻四，说不会跳舞。抽空开班给他们恶补，示范了一支吉特巴，有位老兄说：“这叫什么？”“吉特巴。”“对哟！看你那两下子真像急得爬。”

怎么能没有军训课、军训教官？上军训课要穿校服，就是那件不合身、黄卡其布、皱巴巴的西装夹克，操练立正、向右看齐、齐步走、劈刺，究竟要搞多少遍？还考笔试，多半是简单的是非题。我们请教官逐条念考题，念完一题同学们就齐声喊叫：对！或错！纯粹是在起哄。

军训是那个时代统治模式下的产物。难忘大陆的惨痛经验，必须严密监控，学校的军训教育要为当局带来足够的安全感，军训教官的责任很重，他们的处境相当艰困。军训是大学体制外的课程，多数教官无高等学历，他们的身份地位和有学术素养的教授们不一样，想和同学们建立深入的互动关系不很容易，又要保证年轻人的思想不出轨，太难了。

记得有位周教官，矮小，戴一副大眼镜，拘谨严肃，一举一动都很制式。喜欢在户外上课，同学们围着坐一圈，他站在中间讲大道理。常常要求每位同学发言，有位南部来的同学真敢讲话，他站起来侃侃而谈，讲的内容如果放到现在，说不定能够当选高雄市议员。周教官听完了没有反驳，只仔细问了同学的姓名，然后点点头。害得我们着实为那位同学提心吊胆了整整一个学期，结果也没事。

学期结束前的一堂军训课，我们鼓捣着：

“教官，今天改成大家轮流讲笑话吧！”

于是大家一个接一个地讲荤笑话，乐不可支，轮到周教官，他脱下军帽，很制式地将帽子夹在腋下，说：

“我不会讲笑话，打一个谜语好了。谜面是：同裸体美女上床。猜一位国际大明星。”

他的上海口音很重，我们都猜不出来，教官自揭谜底：碧姬·芭朵。没人笑，什么意思？教官讪讪地也不作解释。

多年之后我略微懂得一些上海话，“朵”字若读成短促的入声字，是沪语中的一个动词：性行为也。那时候的法国美艳女星性感尤物Brigitte Bardot，中文译作：碧姬·芭朵。我们还一直以为周教官很正经。

我当上了话剧男主角

在《悭吝人》剧中的演出

台大枫叶话剧社开会决定：校庆那天演出法国剧作家莫里哀的名剧《悭吝人》(*L'Avare, The Miser*)。社长王尚义非常兴奋，告诉大家课外活动组批准了这个剧本，活动组黄组长这次没说莫里哀是个共产党，莫先生的作品没问题，更何况《悭吝人》的中文翻译把故事设在当时的台北。

咱们这位医学院高年级学长王尚义的知识渊博，一肚子洋学问，曾经在台大做过专题演讲，题目是："从异乡人到失落的一代"，畅谈存在主义。每次听他学贯中西不可止地"盖"起来，都感觉获益良多。

他开讲莫里哀：“十七世纪的法国戏剧大师，这个人了不起，他写的剧本风趣、讽刺性强，对日后欧洲的喜剧发展影响很大。《悭吝人》是讲一个彻头彻尾视钱如命的守财奴、老吝啬鬼阿巴贡（Harpagon）的故事，家里的用人要身兼数职；怕人偷他的钱，就把上万的金币埋在花园里。他有一儿一女，吝啬老爸执意让女儿嫁给老富翁，可以不用备嫁妆，安排儿子娶个有钱的寡妇；但是儿女各自都有心目中的对象，不肯从命，引起了惊天动地的家庭纠纷。阿巴贡埋在花园的一箱金币又被人偷走，这老吝啬鬼简直疯掉了，寻死觅活痛不欲生。最后那箱金币失而复得，年轻儿女有情人皆成眷属。这出戏绝不会冷场，据说数百年来的每次演出，观众反应都非常热烈。”忽然尚义朝着我笑眯眯地说：

“吝啬鬼阿巴贡就由你来演吧！”

“我没什么舞台经验，哪儿行呢？还是你来的好。”

“上回你演那个老头子大家都说挺好的。我的戏路窄，只适合年轻角色，这次就演阿巴贡的儿子。”

嘿嘿！只演过那么一次老头子，我已经被定型为老头儿演员啦！这是怎么说的，我不到二十岁，总是觉得自己潇洒倜傥，怎么不能演个英俊小生吗?

尚义说:“阿巴贡的戏份特别重,全靠这个角色带动剧情、抓住观众的心,如果演不出阿巴贡吝啬鬼的味道来,这出戏就整个砸了!”

面对巨大的挑战,战斗意志顷刻为之高涨,我必须挑起大梁来,干他一票人人叫好的活儿!

把《悭吝人》中文剧本夹在电子学教科书里,上课时翻开书一遍遍地读它,不用多久自己的台词就滚瓜烂熟了,其他演员的对白也都牢记在心。我们请艺术专科学校导演系的陈清风同学来导这出戏,陈导演作风严谨,将舞台划分成一个“井”字,有九个部分,很认真地要求演员走位正确、不可以背对着台下观众等等。

原来素不相识的男女同学,下课后拿着脚本一块儿对台词、走位置,一遍又一遍地磨出些感觉来。这是一出喜剧,节奏快,有的地方甚至于近乎闹剧的调子,排演时妙趣横生,笑声不绝。开始对台词,每个人的口音不同,南腔北调地好热闹。有位香港来的同学,苦练“四十是人生的开始”这句话,听起来总像是

“细细细人森的凯西”。大家热心互相帮助，江北口音很重的某同学为香港侨生示范这句台词，听起来像“断杀是人森的慨四”。哎呀呀！这怎么得了，观众听得懂我们在说什么吗？排戏的乐事说不完。

台词正音阶段熬过去了，各角色进入剧情，情绪起伏有致，一场场戏排下来，彼此之间愈来愈有默契，偶尔有人忘了台词，对方能帮着不落痕迹地兜回来。剧中三位女角色：一位是印尼侨生，大家闺秀风范迷人；另一位来自香港，热情洋溢；最为艳丽的是外文系的艾玫。不用问，我对三位异性演员皆仰慕不已，可是人家似乎都名花有主了，去来一律有男士护驾接送。

阿巴贡在剧中有一场独角戏：当他发现埋在后花园的一箱金币被窃，立即气急败坏在舞台上抓狂。陈导演与我商讨了多次，应如何表达这场戏的情绪？万不可过分夸张，流入媚俗闹剧的形式。阿巴贡丧失钱财是他最无法接受的事，失金后的悲痛、迫切、无助，令他陷入彻底的绝望，如何将阿巴贡的情绪强烈严肃地表达出来？到时候整个舞台都是你的挥洒空间。但是你要怎么去演绎这份真实的感觉？最好让观众暂时忘记它是一出喜剧、讽刺剧，让他们跟着你着急，甚至于同情你。真是个难题，陈清风导演认为这要花时间慢慢参详，想法成熟了我们再好好地聊聊，找个时机演练一次。

彩排日期定好了，每场戏都练得相当熟，演员间的默契良好，经常爆出火花来，其中有几个片段挺精彩的。但是阿巴贡在台上发疯的那场戏一次还没排练过。我独自琢磨了许久，也曾在家里多次从卧室冲到客厅，大声地吼几句台词。母亲正在练字，抬起头来诧异地问："你这是从哪里中了邪呀？"

彩排之前，我觉得还是没把握演好这场独角戏。陈导演和王尚义替我打气："彩排那天，你使出所有的劲来演这一段，镇住他们。"

这话代表他们对我的肯定，却使我感到压力无比沉重，我的活儿行吗？镇住"他们"，他们是谁呀？

在那个政治局势紧张的岁月里，负责抓思想的课外活动组，严格管制校园内所有演出，如果出现任何他们认为不妥的言行，后果很严重。卡你的方法就是扣住经费不发，要等到彩排时来看过，验明正身才拨款。所以在彩排之前，大家忙着排戏的很长一段时间里，尚义头疼极了，他必须四处张罗，找人掏腰包垫钱维持开销。

信义路的国际学舍礼堂，是我们演出的场所。彩排那天布景服装道具化装齐全，就如同正式公演一般。观众不多，课外活动组黄组长坐在前排中央。艺专第一期毕业的老大哥吴桓，主演过舞台剧《玫瑰文身》，曾在《阿里山风云》那部电影里饰演要角，他是陈清风导演的学长，应邀莅临观赏指导。

彩排进行得有惊无险，没出纰漏。到了阿巴贡金币失窃的那场戏：我紧张不已，入场前深呼吸数次，然后歇斯底里地呼喊着跑上舞台，焦躁、胡言乱语、左冲右撞、疯癫不能自持，最后衰弱得双膝跪下在台前哀泣，第三幕终。浑身大汗，精疲力竭，陈清风导演在后台拍着我的肩头说："我对你最有信心。"

彩排顺利完成，黄组长过来和大家握手点头，王社长放心了。卸下装，大家在剧场讨论今晚的得失。请吴桓老大哥批评几句，吴大哥很客气，说了许多鼓励的话。会后吴老大私下跟我说：

"老头子走路的确跟年轻人不一样，但是你要注意，走路别老是弯着身子直不起腰来那个样子，让人家怀疑你大概在裤裆里拉了一泡东西。不管你演的角色有多老，舞台上就得把腰杆子挺起来。"

谨受教。

走廊上见到美丽的女主角艾玫走过来，她抓住我的手说：

“头一次看到你那场发疯的戏，真的吓到我啦！一直在担心你会不会像费雯丽（Vivian Leigh）一样，她演神经失常的人，陷入疯狂状态半年出不来呢！”

啊！她喜欢我的表演，刹那间心中甭提有多美了。那当然，她是最漂亮的，无论是气质、身材、谈吐、笑起来的一股子妩媚劲儿……都没的说。排戏的时候，我们的互动多，聊得开心，有时候我讲个破笑话把她乐到前仰后合，止不住地笑声连连，实在动人！但是经常有高大男子接送她，我岂敢做非分之想？艾玫突然微微皱起眉头，幽幽地说：

“好快哟！明天正式演出之后，我们就不容易再见面了！”

啊！真是这样，那怎么行呢！我笨拙地、居然有几分口吃地说：

“——那样不好耶！——要不然我们……”

慌乱地提出来找一天一块儿去看那个电影，蒙哥马利·克里夫特是我最欣赏的演员；没想到艾玫一口答应。互相道别，预祝明天的正式演出比彩排更精彩。轻快地踏着自行车回家，一路不断吹口哨，是美国流行歌曲《沙滩上的情书》(*Love Letters in the Sand*）中的一段。

国际学舍礼堂可以坐一千多人,《悭吝人》演出那晚，开幕前我忐忑不安，从布幕后揭开个缝偷看，已有八成多的上座率。很不错了耶！正式演出竟然不一样，压力奇大。开场时是阿巴贡单独坐在舞台上数钞票，我的头一句台词竟然说不出来，清清喉咙再讲一遍，声音还是闷闷的，心中在打鼓，难道是哑了不成？提高嗓门吼了几声，假装在叫仆役（剧本里没有的），舞台恐惧感才悄悄地消失。

接下来就一帆风顺了，一场一场戏紧凑地演下去，没有意外。到了第三幕阿巴贡发疯的重头戏，我浑身是劲，一气呵成地演出这个老吝啬鬼的悲情私欲。幕落后，观众起立鼓掌良久，从当晚全场观众的反应来衡量，今晚我们演了一出好戏。

曲终人也散尽，我和尚义累得四肢瘫痪，坐在空荡荡、灯光已熄灭的国际学舍礼堂内，默默无语但舍不得离去。他问我：

“戏散了是个什么滋味？”

“好像有位好朋友刚刚去世。”我说。

“嗨！看你说的！”尚义瞪了我一眼。

有一次我去宿舍找尚义，见到他站在窗前，有模有样地拉起一段柴可夫斯基小提琴协奏曲，颇为动听。突然停了下来，他转头看我，我说：

“不要停，继续拉下去。”

“下面的我还没学会呢！”

然后发出来他特有的倒抽气式的怪笑。床前有一幅尚未完成的风景油画，他要我别说话，提起画笔在那幅画上迅速地画了一阵子，然后说：“风景就在脑子里，不必去野外写生。”

许多年后，尚义的好友老马告诉我：

“尚义生前经常被有关单位传去问话，一只探照灯直射在脸上，不断疲劳审讯。因为年幼时共产党军队占领他的家乡，尚义在解放区读小学，表现优异，得过红领巾，后来调查局一直不放过他。每逢节日，尚义自动上广播电台读稿子喊万岁。”

王尚义就读于台大医学院牙科，计划毕业之后，效法史怀哲医师，去非洲为穷人义诊。但是他刚刚完成学业，就因肝癌病逝，享年二十六岁。尚义在文学、哲学方面的才华，震惊一时；又喜欢拉小提琴，画油画。他的遗稿经过整理，出版了六本书；最著名的是《野鸽子的黄昏》。

恋爱的滋味

艾玫送给我的照片

头一次和艾玫一块儿看电影，送她回台大女生宿舍。故意放慢脚步，我们站在宿舍门口不远处的大榕树下，夜深无人，讨论那部电影的深层意涵，用了不少“存在主义”的术语（多半是从王尚义那儿偷学来的），艾玫水汪汪的眼睛看着我，听得投入。女生宿舍十一点整锁大门，我们依依不舍，面颊缓缓靠近，彼此的呼吸都急促起来，我嗅到她极为诱人的暖暖鼻息；两个人不约而同迫不及待地热吻起来。十一点到了，艾玫匆匆冲进大门，我独自在校园的椰林大道上徘徊，一遍一遍回想着生平头一次尝到男女亲密接触的滋味：轻柔、热切、紧密、缠绵、醉人。

我与艾玫陷入热恋。热恋由不得自己，它不容分说占据了你全部的时间和精力，心无旁骛，自清晨到入睡（如果睡得着的话），艾玫的身影、一笑一颦就在我的眼前、脑海中萦绕不去。每日迫不及待地要同她见面，艾玫比我理智，她说课业都那么忙，尤其你念的是电机工程，不要花太多时间在一起，那样会耽误了成绩，克制一点，每周最多约会两次。

约会时都做些什么勾当？经常去台北市西门町看首轮好莱坞电影，那个时代的台湾青年，痴迷美国文化，好莱坞的新片子一个不漏，电影中的主题曲支支能随口就唱起来。当然都是追星族，对当红的美国男女明星如数家珍。美国流行音乐是另外一个时髦的娱乐项目，什么阿猫阿狗歌星刚出来新歌，广播电台的流行曲节目就不断介绍，我们这批崇洋的男女跟着哼哼，音乐天分高的听几遍就能唱全了，有时候英文歌词听不真切，就顺口编几句混过去，我常常干这种事，好像很精通美国流行歌曲的样子。

更喜欢的是跳舞。老式的交际舞步有三步华尔兹、慢四步、探戈、伦巴；年轻人爱跳曼波、恰恰恰和当时最流行的吉特巴。当然要与艾玫在舞池中随着流行音乐翩翩起舞，那是个什么境界！苦于自己从来没学过这玩意儿，上了场岂不要洋相百出？有同学指引：去地下舞厅学几次就会了。

那时公开跳舞不被允许，所以就有地下舞厅这个行业。爬上五楼，隔墙听见音乐声，敲门探问，门缝里有人打量了我一番，彪形大汉开门让我进去。一间空荡荡的小客厅，一架手摇式留声机放着当红的美国流行歌曲，两位中年妇女装束朴素，带领大家跳恰恰恰，数名年龄不等男子跟在后面，笨手笨脚地有样学样。跟着走了几趟，一位教师觉得我学得不错，就单独与我跳起来，叫其他人看着点儿。下课后，钱交给彪形汉子。

学了几次，自己在家独自勤练，觉得这点“舞艺”已有了基础，邀请艾玫去参加台北美国学校一间教室里的舞会。美国学校属于人家的辖区，不受管制。屋子里挤满了俊男美女，人声嘈杂，中英语参半，音乐震天价响，都是最新的美国流行曲子。艾玫不愧为台大外文系的高才生，英语对话一级顺溜，她穿着合身时髦又有品位的洋装，姿态优雅，三步四步舞得从容，基本上是她带着我在拥挤的人群中左右穿梭，我在那里紧张地低头注意步伐，千万别踩了她的脚。

吉特巴音乐响起。吉特巴的舞蹈着重于男女二人对舞，固定的舞步简单，端看互相能否激发出有趣的动作来，双方若有默契配合得好，可左顾右盼，前行后退，合节奏地转圈子，或互相紧抓住一只手，女舞者贴近地面自对方胯下滑行过去，男士一鼓作气将女伴高高举起，舞出惊天动地的阵仗来！

此刻我只能踏着生疏的步子与艾玫共舞了一会儿，艾玫的曼妙舞步立即引起注意，音乐未了，有一名身高体壮的美国青年过来，拍我的肩膀说：

“Excuse me, may I have the honor to dance with your partner?”

意思是说：我可以和你的舞伴跳这支舞吗？我当然不愿意，没有拱手礼让的意思。艾玫低声地说：

“不可以这个样子，你要保持应有的礼貌。”

于是这二人就大开大合地跳起幅度很大的吉特巴来，当然精彩，全场人都让出地方给他们，站在周围喝彩拍手打节奏。哎呀！我还得好好下功夫去练哪！

按规矩最后一支舞不可以礼让，普里斯莱颤抖的声音唱着：“你今夜寂寞吗？(Are you lonesome tonight?)”紧拥艾玫柔润丰腴的身子，跳着贴面舞，我沉湎在艾玫特有的体香之中，世上还有比此刻更美的时刻吗？那首歌一会儿就结束了。

每次送她回宿舍，夜凉如水，总会难分难舍地缠绵许久。有时就错过了女生宿舍的宵禁时刻，必须翻墙。艾玫脱下高跟鞋，双足站在我的肩上，扶着墙一寸一寸地撑起身子来，到了某个高度她攀上墙头，小心地滑着下去；我再将两只高跟鞋一一扔过墙头。

枯水期的川端桥下设有茶座，是情侣们最喜欢去的地方。有山东老乡在河边做了安排，灌木丛中摆设双人座帆布椅子，处处有遮掩，供应茶水瓜子等，收费合理。喝茶倒是其次，花前月下，情侣们一对对地半躺在帆布椅上，卿卿我我情话绵绵。别忘了向茶座老板买一盘蚊香，在椅子下点上，河边草丛的蚊子特别喜欢叮青春肉体。伙计提着一大壶热水，边走边吆喝着：

“开水来啦!”

免得撞上正在缠绵忘我的一对。

有一次艾玫和我又去了川端桥茶座，闻到了阵阵烤肉的香味。河边新开了一间蒙古烤肉，自己选肉、配料、烧烤，野趣盎然，晚风习习，极富情调。一时兴起二人就入座吃喝起来，半晌才注意到价钱：每人四十块台币，吃到饱，饮料另计。偷偷一算计，两人钱包里的钱加起来，距离八十元还很远。

于是我嘱咐艾玫别担心，在那儿慢慢喝饮料，我一会儿就回来。自己急忙跨上单车，飞奔到附近同学家张罗银子。没那么容易，在那个年代八十元新台币不是个小数目，谁家有闲钱给你周转？连跑了三家才勉强凑足。四十多分钟后，我浑身大汗，匆匆赶回去，烤肉店还没打烊，但是其他顾客都走光了，艾玫很雍容地坐在那儿，微风吹着她的头发，侧影美到极致，我气喘吁吁地坐下来，她朝着我露出淡淡却是无比媚人的浅笑。此后我就死心塌地地爱这个女孩子。

暑假来临，艾玫家在高雄，当然要回南部。热恋中的骤然离别很痛苦，我经常彻夜难眠，基本上是一天一封情书，书中写不尽的切切思念，言犹未尽，填了几首宋词，尽情倾诉衷怀。那时我迷上了《宋词三百首》，对南唐中主的小令爱不释手，就不免东施效颦了数次。那些习作都已失散，还记得一句：

“……小儿孤灯思量着，莫要言愁，愁白了青青首……”

每天等候邮差成了我的魔障，但是艾玫的回信不多，信上也只有寥寥数行字。更有一回在信中说，诗词本是雕虫小技，她也填了一首宋词，内有警句：“争奈斯人无志向，空话愁肠！”

哎哟！这是在说我吗？难怪，上个学期我全力以赴忙着排戏，成功演出之后立即陷入热恋，哪里还有时间读书，大小考试胡乱应付，多数过关但是电子工学要补考。我们无话不谈，补考的事她知道，一年后我们就要毕业了，打算出国吗？去国外读书成绩单可得漂亮点。我尽说些不着边际的话，电影梦迟迟不醒，没出息呀！

暑假归来的艾玫似乎不再热情如火，我们约会的频率不如以往。但是她一直是我的固定舞伴，因为我俩跳吉特巴已是一绝，配合无间，动作轻快利落，不时在舞会中单独甩开来表演，次次掌声不绝。

台大建中同学会，推选我当总干事。什么活动最合适？许多人建议：办个大型舞会吧！行，上下动员起来，找来一个乐队，租下场地，推销票子；我们来劲儿得很，门票二十元，卖了八百张，可谓盛事一桩。忙到昏头，两天前才告知艾玫，某日我们去跳舞，她说那天刚好没空，态度坚决。麻烦啦！我这个总干事、舞会主办人，在现场要光棍？我问她：

“那么我请别人做舞伴，你介意吗？”

“随便你呀！”

批准了，我按指示办事，另外找了位女孩子相偕出席舞会。总干事要打理的杂事太多，根本没跳几支舞。当晚的气氛欢畅热闹，圆满结束。

父亲突然严重中风，一家人陷入空前的紧张混乱，轮流赴病房陪老爸，直到他病情稳定出院回家。家中有位行动不便的病人，我的生活秩序大受影响。艾玫告诉我她选修了西班牙文，要花很多时间听西语唱片，我俩见面的机会就更少了。“疏远”不是我愿意接受的事实，我们曾经火辣辣地热恋过，忘不了也放不下，或许热恋注定就是个短暂的过程？

台大毕业服完兵役，我办好留学美国的手续，突然想到艾玫。她在台北工作。我跨上单车飞快地骑到她家，门启处正是风华正盛表情惊讶的艾玫，我们有一年多没见了。我说：

“明天去美国，特来辞行。”

“真的呀！我下礼拜飞纽约。你去哪个学校？”

交换了美国联络地址。

没听过那句话吗？“来来来，来台大，去去去，去美国！”早期台湾大学的毕业生，接近九成赴美国深造，台大是美国各大学研究所的先修班。

临行时没忘记带着艾玫送给我的照片，最喜欢她表情忧郁的那张，照片后面写着：Para mi caro Petro.

在美国中西部某大学苦苦撑过头两个学期，暑假到了，外国学生纷纷做往大都市打工的计划，纽约和洛杉矶是两个最热门的地方。纽约市的工作机会多，不怕吃苦在大酒店的餐馆刷锅子，一个暑假可以积下上千元美金。洛杉矶的工作机会多样化，有可能在电机工厂当技工，学以致用，收入也不错。

写信给艾玫：暑假做何打算？我去纽约打工，咱们又可以相见了。艾玫的回函意气风发：她申请到在某公司计算机打卡输入程序的工作，上班两星期，受到老板的器重，因为她打卡的速度快，又很少出错。

惭愧！我若是去了纽约，昏天黑地地在Lido Hotel洗刷锅子，两个礼拜才去见她一次，作为一个灰头土脸的洗碗工？唉！罢了。我买了一张灰狗（Greyhound bus）长途汽车票，抵达洛杉矶。千辛万苦，如愿在一家电子工厂当了两个多月的技工，存下一笔钱。回学校继续上课，写一封长信向艾玫报告暑假的遭遇，迟迟没有接到她的回音。两个月后，她的信来了，兴奋地拆开，一张漂亮的信纸上写了简单的几个字：“Let bygones be bygones！（让过去的过去吧！）”

后记

二十五年后，我执导的一部电影在美国卖座不错。发行公司安排我在二十几个大小城市随片登台做宣传，去不同的地方说同样的话，真是个苦差事。安排的行程要在L市（洛杉矶）停留三天，对噢！艾玫不就住在L市吗？

她接到我的电话很吃惊：

“你怎么有我的电话？”

“神通广大呀！”

烛光晚餐，互相对着看，彼此的体形变化明显。聊起四分之一个世纪前的欢乐岁月，她说起在美国的经历，自己和夫婿的事业都甚有成就，只是那个念中学的宝贝儿子，每日沉迷在电子游戏之中，怎么办？你这些年怎么过的？我，离婚两次，说来话长。问艾玫：

“始终不明白一件事，我们曾经爱到那个地步，为什么突然冷下来了？因为我老在谈电影，想当导演，不认真念电机工程?”

“你真的不明白?”她扬起眉毛，我做无辜状。

“那次大舞会我不能去，你找了另外的舞伴。”

“当然记得，可是你说可以的呀!”

“我是那么说的，但是你怎么可以……女孩子的心你难道不懂吗?”

愣住了，傻笑了好一阵我才说：

“现在懂了。如果二十多年前就懂，或许我们……”

烛光下，她的浅笑依旧雍容，就是那个独自坐在川端桥下蒙古烤肉店的女孩子，优雅镇静地等着我四处张罗八十块钱回来付账，然后在女生宿舍大门口的大榕树下，和我难分难舍紧紧拥抱。两个人说不完的山盟海誓，更不停地亲吻着，她轻声告诉我：

“我们是‘吻颈之交’。”

最受孩子欢迎的王伯伯

父亲任“国语”日报社副社长

早年住在台北市重庆南路三段十四巷，父亲最受巷子里小朋友们的欢迎，远远见他过来，都忘了玩耍大声喊王伯伯。

他身材矮，头秃秃的，大肚子挺在前面，戴一副牛角镜框、有正圆形镜片的眼镜，下班回家刚走进巷口，巷头巷尾的孩子蜂拥而上，此起彼落地嚷：

“王伯伯说一段，先讲我吧！”

被围在孩子中间，王伯伯笑呵呵指着一个小猴子：

“小鹤，今天在学校里挨罚了没有？”

“没有。”

“他说谎，美术老师罚小鹤站墙角。”

“小鹤小鹤，吃饱了不饿，就怕上美术课。”

“说我，说我！王伯伯快说我！”

“阿肇阿肇，欢蹦乱跳瞎胡闹，上海买不到，千万不要憋尿。”

这阿肇贪玩，憋住尿不去撒，常常来不及地尿湿了裤子。孩子们哄然笑起来，阿肇的脸通红，但是笑得开心。然后轮到小三儿了。

“小三儿小三儿，吃萝卜干儿，拉红屎冒红烟儿！”

小三儿贪吃出了名，最爱乱买东西吃，有次不知吃坏了什么，血便不止。小三儿的妈责怪我老爸：

“王先生，都是你唱出来的，小三儿不知道去哪里吃了不好的萝卜干儿。”

快走到自己家门口，孩子们还缠着不放，大声嚷嚷着：

“还没说我呢！”……

“都回家去吧！妈妈等着你们开饭呢！”

关上门，孩子们才嘟嘟囔囔地一一散去。

父亲能即兴随口编儿歌的本事远近驰名，这和他幼年在大陆北方的成长环境很有关系。北方农村的儿歌音调铿锵，言语诙谐，描述形象生动，听过一次就能永世不忘。就像那首《谁跟我玩儿》，在华北长大的孩子都耳熟能详。小时候父亲教我们唱：

谁跟我玩儿，打火镰儿[①]。火镰儿花，卖香瓜。香瓜苦，卖豆腐。豆腐烂，摊鸡蛋。鸡蛋鸡蛋壳壳，里面坐着个哥哥。哥哥出来买菜，里面坐着个奶奶。奶奶出来烧香，里头坐着个姑娘。姑娘出来点灯，烧了鼻子眼睛。

母亲说，我小时候唱完这一段，两只手就在鼻子眼睛上乱摸一阵。

父亲又说，“柳树那柳”是我们老家那一带的儿歌，就这么唱：

---

① 中国北方农村以铁片打击火石，敲出火花点燃纸捻子，谓之打火镰儿。

> 柳树那柳呀！槐树那槐呀！槐树底下搭戏台呀！人家的姑娘都来到，咱们的姑娘还毋来，说着说着来了！骑着匹驴，打着把伞，光着个腚（屁股），绾着个纂（音“钻”，髻也），穿着双套鞋，露着个脚尖，胳肢窝（腋下）里夹着一只大蒜碗。

着实调侃起当地的姑娘来，有“大男人主义沙文猪”的意味。

皆因为父亲小时候笨手笨脚，干庄稼活儿非常不行，父亲的大伯，我的大爷爷，他是王家的大家长，认为这孩子应该去读书。碰巧附近有位老秀才王仲行设馆教学，大家长就破天荒地送父亲去读书，让他成为王家的第一位读书人。不料老秀才认为这个学生是他多年来遇到的奇才，记性好，理解力强，应当一路读书下去。

念了两年私塾，县城里就办开洋学堂了，父亲在县城小学就读。他回忆儿时的事儿：主要还是学四书，也有数学课，民国初年的语文读本开始介绍西方，譬如有一篇就讲美国总统华盛顿砍樱桃树。先生要同学们齐声朗读课文，但是附近的戏台正在大声唱着河北梆子腔，大家朗读的音调就跟着梆子腔走，父亲说：

“那出戏唱的是‘王春娥在绣房，自思自叹’。我们就唱：‘华盛顿在后院，挥斧便砍，哪个呀呼呀呼嘿……！’”

父亲在小学的成绩优异，这所小学因为这个学生获得多次表扬和津贴，校方为了津贴竟然留下他不让他毕业。后来父亲凭着真功夫考上北京师范大学附属中学，那是当年北平市的顶尖中学。

但是父亲考大学的过程不顺利，连考三次才考上北京师范大学国文系。他告诉我们都是被一张照片害的。民国初年拍照可是一件大事，为了投考北师大，他郑重其事地穿上长袍马褂，头戴瓜皮帽，被安排四平八稳地坐在太师椅上，旁边的布景有高茶几，几上有插了花的花瓶、水烟袋、盖碗茶等，那时父亲又黑又瘦，照片中出现的那个人像是位中年爷们儿。他的考试成绩虽然不错，但是考试委员们认为此人太老了，不考虑录取。隔一年再考还是用同样的照片，结果不变。不放弃再去考了一次，终于被录取了。事后他的教授夏宇众老师告诉了父亲此事的原委。夏老师曾在考试委员会上说：

“这个学生三次投考，成绩都十分优异，他那百折不挠的精神，就很可钦佩。虽然看来年龄比较大，但是毅力可嘉，功课扎实。师范大学的学生年龄不必限制得太紧，年龄大些也不妨，毕业后当老师嘛!”

民国初期的北平，学术风气最是自由开放，当时认真用功的大学生，能学到不同宗派的真传。教过父亲的名师有黎锦熙、钱玄同、黄侃等，俱是国学大师、一方之巨擘。大学毕业后，正值国民革命军北伐，止不住地热血沸腾，他弃文从武，只身到南方参加北伐军，负责宣传、士兵教育等工作。北伐结束，他回到北京随黎锦熙老师编纂国语大辞典。不久又逢抗战军兴，民族兴亡在此一战，遂再度投笔从戎，在东南第三战区任上校教官，办报纸，广播抗日，办士兵识字班，带领话剧团四处奔走宣传抗战。精力充沛，有如三头六臂一般，干起活来从来不会累的。

经过两度战争的洗礼，那时候还年轻的老爸，见到国家积弱落后、人民贫穷无知，面对残暴的战争，有如待宰羔羊，每每为之痛心疾首。他认为富国强兵的先决条件，必须先要有具现代知识的国民。当时国家的文盲占人口比例百分之九十以上，推行识字教育扫除文盲是首要的大事。现代国家必须有统一的语言，方能有效地沟通，上下齐心地建国，抵抗外侮。以注音符号来辅导矫正发音，是语文教育的第一课，父亲以推行“国语”为终生工作，他希望见到全国的“语同音”。

老爸的语音纯正、铿锵有力，指点江山评论天下，叙述起事来风趣传神，日常生活的对话更是妙语如珠。我的老友赵乐德，是赵友培伯伯的女儿，回忆往事，她说：“当年我们家的兄弟姊妹都上师大附中、北一女等名牌中学，又臭又跩，父母的朋友来了基本上是假笑点头，根本不甩。但是一听见王伯伯来了，个个跑出来围着听他讲话，其老少咸宜到这种程度。”

老爸谈笑自若，幽默风趣，语言的艺术境界甚高。赵友培伯伯常常留他在赵家便饭，说：

“也没什么特别的菜，就在舍下吃个小便饭吧！”

老爸纠正：“便饭二字切不可冠之以大小。”

赵伯母不断夹菜劝食，老爸以手在脖子上比着说：

“够了够了，我已经吃成齐景（齐颈）公了。”

夏日炎炎，身躯富态的老爸，随身带着条毛巾，频频擦拭，还是汗流满面，有次他进得门来挥汗如雨，说：

“真乃古之翰林（汗淋）公也！”

赵家一家人晚间在院子里乘凉，听老爸论今谈古，蚊虫环绕，老爸受不了了，大呼：

“快进去吧！不然我们都成了魏文帝（喂蚊弟）了！”

父亲在《“国语”日报》年轻编辑林良与郑秀枝的婚礼上致辞：

“这二位的名字组成了‘秀林良枝’四个字，他们今后不但夫妻和谐无间，而且子女也必定优秀，此乃天作之合。”

我们1948年来到台湾，老爸应台湾省教育厅的聘请任“国语”推行委员会委员，在台湾开办《“国语”日报》。除了办报纸他也经常上广播电台教“国语”，同他一起广播的是祖籍闽南的林良，林叔叔以“台语”作翻译。台北市教育局请他办小学教师“国语”学习班，为台湾制片厂矫正演员的舞台语发音，在省立师范大学创立“国语”专修科，再创办“国语”中心，教来自省外的其他国家的学生学中文，每天忙得不可开交。

赵友培伯伯追记他老友的精彩演说：

“他一上讲堂，大气磅礴，淋漓尽致，欲罢不能，而又能深入浅出，妙语如珠，乐得听众们眉飞色舞，笑口常开，掌声四起。”

父亲有关语文教育的演说，我听得不多。只记得他有一次以

“花尾巴狗”为题：“花尾巴狗”是狗、“花狗尾巴”是狗的一部分、“狗尾巴花”是花。他组成下面的句子：“花尾巴狗追着自己的花狗尾巴转，一口咬下了一朵狗尾巴花。”

诸如此类的例子甚多，道尽中文之妙。

去台东演讲，有人送给父亲一根乌木手杖，他非常喜欢，当晚搂着它睡。他高兴地说：

“我以后用这根手杖，揍那些既不见仁又不见智的糊涂蛋。”

赵伯伯一直推崇父亲是位肝胆照人铁骨铮铮的汉子，开诚布公，公私分明，穷而硬、愈穷愈硬，性格阳刚，工作忘我，愤世嫉俗。他意气风发的时候，常做横挥手杖或下砸的动作。

语文教育是他最坚强的信念。他有个学生想转行，父亲对他说：

“不如去市场卖青菜，什么上市就卖什么吧！”

那个学生后来一辈子谨守语文教育工作岗位。

另一位学生“国音”不及格，重修一次过关，他回忆：

“假如王老师当年送分数，今天我不会说这样漂亮的‘国语’。”

李子达（大导演李行）在师范大学选父亲的“国音”课，他自认“国语”已说得相当标准，要求不必来上课吧！学期终了父亲给了他六十分；李导演一直不会注音符号。

现在有许多人被誉为“名嘴”，依我的浅见他们多数不够格，天下名嘴我只见过一人：先父，人称王伯伯的便是。名嘴的首要条件必须是某种语言得说得标准，不论讲哪种语言，一出声就会走音变调的，听者的理解度马上打折扣，表情达意缺乏基本功夫，遑论其他？其次才能谈到辞句的博雅、幽默、机智，知识丰富乃能旁征博引、掌握好轻重缓急、脉络逻辑、一语中的，闻者若醍醐灌顶。时下的所谓名嘴，实在不敢恭维，不可说，不可说！

哇哇哇三天，不行了！

父亲患病前全家合影

我在爸爸的病床旁边打地铺，整晚无法入睡。那间普通病房住了十六个病人，其中有位肝病患者，止痛药对他无效，痛起来扯直了喉咙嗷嗷地喊叫着。母亲多次要求转病房，院方回答：都住满了，再等等看。

这天早上谷正纲、张宝树来病房探望爸爸，他们频频问候。中风之后的爸爸言语不便，却还是要抢着说话，他说：

"……我……哇哇哇三天，不行了……"

意思是说他中风昏迷了三天，现在说话不行了。二位高官嘱咐要好好安养，然后行色匆匆地离去。张宝树是河北老乡，当时任国民党秘书长；早年父亲在北平国民党党部与谷正纲同事。老爸早就离开国民党了，他专心从事语文教育数十年。谷、张二老友探视爸爸的病之后，院方就将父亲转到了一间双人病房去。

这是父亲的第二次严重中风。一年前他偕同赵友培教授，巡回全台湾辅导各中小学教育。工作异常忙碌：参观授课、抽看学生作文、专题演讲、座谈会，每日的活动紧凑，又要抓时间赶火车，简直不得休息。那天他一连做了两次演讲，再接着开座谈会，晚间有教师前来请教，深夜不得入寝，清晨就不能说话了。急诊医师急忙连打了两针，语言能力才渐渐恢复。

回台北休养了一段时期，父亲的语言能力恢复正常。精力充沛的他，生活中没有半点闲下来的时刻，又积极参加北部辅导工作。这一天上午，他在台北师范学校做了一场演讲，中午回家吃饭就有吞咽困难口齿不清的现象，午睡后不见好转。傍晚请《“国语”日报》的特约家庭医师来看诊，大夫给父亲打了一针，说血压高，好好睡一觉再说。清晨醒来爸爸在床上，比手画脚，哇哇吼叫，左半身明显地使不出力来。

那时的台湾还没有119救护车，费尽周章才得以紧急送医。住院三个星期，病况稳定回家休养，医嘱每日要坚持运动，假以时日或许能恢复到一定的健康状态。三个月之后，父亲的起居坐卧基本上可以自理，但是他始终无法像过去那样谈笑自若了。

母亲常常与我谈起父亲的往事，她感叹：

“都是演说惹的祸，你爸就喜欢演讲，在台上的那股子劲，那份兴奋、自在，台下听众的热情反应，真让他放不下，忘了时间，更顾不上自己的身体，谁也挡不住……”

爸爸的演讲在当时确实名震一时。他在正式演说时，声音洪亮（那是没有扩音设备的时代），起落有致，语音标准，言谈诙谐，更能旁征博引，深入浅出，听众倾心静听，有时又被他逗得乐不可支，听到激情昂扬之处，就随着他情绪高涨，全场时时掌声雷动，迷上王教授演说的人不少。父亲南下辅导语文教育，高雄海青中学的安校长，为了听他的演讲，每日跟着他们的行程跑遍高雄县市。

父亲的老友王玉川伯伯说过：“一件事要王茀青先生来说，

就是说了十遍，人家也不会听厌的。”

梁容若教授，是父亲北师大的同学，后来他们一同在台湾开创《“国语”日报》。梁伯伯在一篇文章中写道：

寿康心广体胖，坦白真诚，喜欢帮助困难的朋友、青年。他教过的学生很多，清早、中午、深夜、星期天，三三五五，随时可以访问他。谈学问，谈职业，谈家庭生活，谈恋爱问题，他没有不细心地听郑重地回答的。‘经师易得，人师难求’，他是难得的人师。

十几位北京师大国语专修科毕业的学生，随着王老师来台湾推行“国语”；父亲在台湾省立师范大学成立“国语”专修科，两届毕业生分发至各中学推动语文教育。父亲的学生方祖燊教授回忆：

上王寿康先生的课给我印象最深的是他的讲演。先生站在台上，个子不高大，人很壮健，宽脸丰颐，头顶微秃，两边却很浓密，鼻梁上架着一副红黑花边的圆形老

> 式眼镜，从镜片后露出有力的眼神，坚毅中带有慈祥的意味，一手摆在背后的腰部，一手在前面做种种适当的手势，他说话有力，声音响亮。数百人的大场合，听他长篇大论的演说，精辟的见解，机趣的妙喻，时时引得笑声四起，掌声轰动。我可以说，听了先生的演说之后，再没有听过比他老人家更杰出的演说了。……

毕业自师范大学“国语”专修科的锺露升先生，写了一篇文章《浑身是劲儿：我对王茀青老师的印象》：

> 九年前王寿康老师给我们上第一节课，开宗明义讲的是“国语”运动的两大目标：言文一致、“国语”统一。他追述过去“国语”运动的成功、失败，一会儿高兴得跳起来，一会儿垂头丧气，有时候咬牙切齿，有时候痛苦悲伤。只见他脑门儿闪烁着亮光，颤抖的手在空中飞舞，矮胖的身体一晃一晃地使劲摇摆，嘴里一直滔滔不绝。这时，一股热力充满了我心胸，我握住拳头，咬紧牙根，随着他的情绪而激荡。看看前后左右的同学，每一个都凝神

倾听，慷慨激昂。我们深深地敬佩他从事语文教育的热情，和他杰出的演说天才！

锺露升说：

每当我灰心丧志，就邀二三同学找王老师给我们加油，一番训诫以后，果然精神百倍，失意全消！他每一条血管都充满着热，每一丝肌肉都蕴藏着力。……王老师病在床上，我去看他。我告诉他我们同学想成立一个推行“国语”的民间机构，他满口Yes Yes！双手不停地比画，最后跷起大拇指勉强说了俩字：顶好！我笑着说：您很像美国学生说“国语”。

回家休养三个月后，医师认为父亲的病情稳定，至于日后他是否能恢复说话，谁也说不准，持续地训练吧！

爸爸两次严重中风，头一次急救回来，一年多后再度发病，病情更加严重。早年的医疗设施医学知识均不足，错过了黄金救治时间。这位罕见的语言学者，当年台湾最有语言魅力、活力四射、激情而生动的演说家，从此失去了他的语言能力。

努力从头学说话，可能是父亲一生中最痛苦的煎熬。我曾每天下午教他说话，像教幼儿一般一个字一个字地说，要求他跟着重复一遍。父亲的咬字和四声准确，轻声变调儿化韵都无懈可击，但是他记不住，昨天学的今天就忘光，进步缓慢。还能看报纸，大声地念出来，也是字字标准，但是不懂文中的意思。年轻的我缺乏耐性，两个月后这个教父亲说话的劲头，便逐渐松懈下来。之后他仅仅能说简单的字来表达要求，多数时间就坐在藤椅上，望着院子里的花草，不发一语。

夏伯母（林海音）是我们家的紧邻，她曾经写过这么一段：

> 茀青先生是因中风病倒，像一般的中风患者一样，肢体一边麻痹瘫痪，不能言语，这对于一位语文教授和演讲家的茀青先生，真是一件惨痛的事。他初住台大医院，返家后用心调养，每天下午由一男工陪他出来散步。那时，重庆南路三段尚未改建马路，街面清净，往来车辆也不多，每天见他穿着长袍、歪着半个身子，一瘸一拐的，努

力学习行走。

走到我家门口，如果看见大门敞开，他必得弯进来看看孩子们，孩子们看见他，也都亲热地叫："王伯伯！来坐。"因为我家小女儿每天都和邻居女孩做老师教书的游戏呢！院子里一把椅子架着一个小黑板，下面坐着几个小女孩。小女儿阿葳做小老师："三，ㄙㄢ三，一声三，九，ㄐㄧㄡ九，三声九…………啊！王伯伯，来，念，九，ㄐㄧㄡ九，三声九！"茀青先生，嘴唇微动，努力地张开嘴巴："八！"他是心里想着"九"，却发不出来，张开嘴巴就是："八！"。可怜的王伯伯，落得每天和小老师学说话。

短期内，两年或三年，甚至于更久远，父亲不能够工作；可能再也无法在台上慷慨激昂谈笑自若地推动"'国语'统一、言文一致"大业了。

1959年的台湾没有任何退休制度，公教人员的薪资微薄，加上每个月的油米煤等配给品，堪堪维持温饱，家无隔宿之粮，几乎是个普遍现象。母亲身体不好，已经辞去教职好几年了，哥哥刚刚大学毕业，正在南部服兵役，我念大三，唯一能赚钱养家的老爸卧病在床，往后怎么办？

陪着爸爸在家中闲坐，教他说几句简单的日常用语，父亲跟着我一个字一个字地学，发音很标准，但是学过了就忘记。有时候他望着院子里的花草沉思，忽然大声对我说：

“喂喂，我们哪！……饿死……”然后他两手一摊。

“说什么呢？哪儿会有那种事，您的两个儿子都这么大了。”

儿子有什么用？半大小子，吃死老子。那个年月的台湾，任何科系的大学毕业生，工作机会近乎零。哥哥读台大化学系的成绩优异，得到美国加州大学柏克莱分校的全额奖学金，准备退役之后就去太平洋彼岸读博士学位。我身强体壮，反正念这个台大电机系也是乏善可陈，可以去干个能挣钱的活儿，体力活儿也行！

母亲很镇定，一再告诉我专心用功读书就好，其他的事别担心，由她来打理照料。我们兄弟俩，按部就班毕业、当兵、留学美国，先后获得学位、找到工作，按期汇钱给台湾的二老，保证他们的生活无虞。

但是我们在美国读书，还没有上班的那几年，母亲做了什么安排才渡过难关的？

多年后父亲去世，母亲来美国小住。夜深人静，老太太爱喝两杯她的特制老酒：人参与多种中药材泡在陈年高粱里，成了褐色的胶状物，挖出来些许再兑上纯高粱酒，均匀搅拌后味道浓烈。几口下肚之后，她老人家娓娓道来：

“当年你父亲特别照顾他的学生，记得吗？‘国语’专修科的学生常常来家里谈话，一坐就是几个钟头。”

“怎么不记得，最记得方师兄失恋的事，大雨天跑到我们家来，浑身淋到湿透，气若游丝六神无主地向爸爸说：王老师，我刚才打了她！爸爸惊呼：怎么一回事？你不要打人哪！然后方师兄就在那儿详细说他的恋爱失败史，有好几个钟头吧！”

“是啊！后来你方师兄有了合适的对象，成家立业，他现在是知名教授啦！你爸爸重病之后，多亏了他的这几个好学生，唉！”

当时台湾师范大学没有因病退休的条例，《“国语”日报》已是民间财团法人机构，报社经营得艰苦，也是无能为力。父亲的学生：张孝裕、方祖燊、王天昌、黄增誉、锺露升几位，毕业了数年都有大学讲师资格。他们与师范大学取得协议：王教授在病中，需要休养一段时期，他在师大教的几堂基础语言课，就由我们几个讲师义务代课，王寿康先生仍保留师大的教授职位。我还记得当年张孝裕师兄，每个月定期来家里拜访老师、师母，恭恭敬敬地交给母亲一个信封。

“可是直到1964年，我才找到那份IBM的工作，开始往家里汇钱！”我说。

“就是啊！”母亲说，“孝裕他们替你爸爸代课，前后有五年。”

后记

1959年到1964年是我们家最艰苦的岁月，孝裕师兄默默安排诸师兄轮流在师范大学为父亲代课，维持住了我们全家的生计。母亲认为两个儿子太年轻，承受不了这么大的压力，瞒着不说，及早送出去，让我们心无挂虑地尽力闯出个名堂来。咱哥儿俩还算没有辜负她老人家的心愿，在太平洋彼岸站住了脚跟。

匆匆六十多年过去了，在台北的一个纪念会上遇见了张孝裕教授。张老先生年逾九十，耳目聪明思路清晰，见到我他说：

“你还有小时候的那个样子。”

我郑重地向他致谢：若不是几位师兄义务为父亲代课五年，我们一家真的不知道会怎么样了呢！孝裕师兄仰首而笑，他说：

“那是应当的嘛！令尊是我们的恩师，当年他是那么样地照顾大家。告诉你一件事：王老师安排我去高雄市教育局负责推行语文教育，那位市长并不重视语文教育，把我派到一间小学去教书，王老师知道了，几天之内就调我回台北。他说台湾的语文教育刻不容缓，这边有好多工作等着你……”

孝裕师兄兴致很高，滔滔地说着往事，我默坐一旁倾听。

我想起来有个冬天的下午，爸妈坐在廊子上晒太阳，阳光照着母亲的灰白头发，头顶上略见稀疏。病中的父亲望着他的老伴良久，做手势要我附耳下来，我低下头去，他的耳朵背，说话声音特别大，他说：“你妈呀！她秃了。”

每个字发音标准，铿锵有力，不像有语言障碍的人。老太太听见之后十分不高兴，回敬一句曰：

“你才是个秃子呢！”

父亲的每件事，总在我的脑海中来来去去地萦绕着，老是要写点他的什么，过于着力反而屡屡不能成篇。

他教我们的那首儿歌是这么唱的：

谁跟我玩儿，打火镰儿。火镰儿花，卖香瓜。香瓜苦，卖豆腐。豆腐烂，摊鸡蛋。鸡蛋鸡蛋壳壳，里面坐着个哥哥。哥哥出来买菜，里面坐着个奶奶。奶奶出来烧香，里头坐着个姑娘。姑娘出来点灯，烧了鼻子眼睛。

唱完了不自觉地两手在鼻子眼睛上乱摸起来。

同侬谈谈灵魂上的光景

小尹、小郑都是虔诚的天主教徒，活跃于台北圣母会服务中心。小尹就读台大医学院，绰号小淘气，小郑是服务中心的秘书。当年我们都知道，朱励德神父在暗中促成了他们这段姻缘。我身在美国接到喜帖，秀才人情纸半张，诌了首歪诗为贺。

上海籍耶稣会士朱励德神父，自巴黎来，在台北成立“圣母会服务中心”，领导大专天主教教友。圣母会Solidarity，是耶稣会创立的教友组织，督导年轻教友们聚在一起研读教义，坚定对天主教的信仰。一九五〇到六〇年代，原来在大陆的神职人员，大批转到台湾来，天主教在台湾发展得很快。教友从两万多人，增长到三十余万。台北地区的圣母会就有将近十个，有必要成立圣母会服务中心，推广协调各地的众多圣母会。

那时我心仪一位笃信天主教的女孩，跟在她后面望弥撒、领坚振，随后参加了朱神父的圣母会。泡妞工程彻底失败，大学四年我曾是圣母会服务中心的活跃分子。

朱神父笑口常开，下巴颏有点超前，和同学们打成一片。没见过他生气着急，我们没大没小闹到太不像话，朱神父只略略皱眉，啧啧几声。他浓重的上海口音最叫座，不时有点口吃，流传下来有名句：耶稣的妹妹（秘密，沪语发音如妹妹）。他讲道认真，准备充分，亦庄亦谐，自有深意。

上海徐家汇，保留了利玛窦以来耶稣会的老传统，老教友家庭信心坚定，培育神职人员不计其数。朱神父的八兄弟，四位晋升神父。朱神父的大哥，在罗马晋升神父回上海传教。1949年朱励德修士赴法国学神学，晋铎之后派来台湾指导圣母会，这是他的第一件差事。

朱神父常领着我们拜苦路，通常是在十几幅耶稣受难画像前跪拜祷念，体会基督受难历程。那回他准备了一套“教难苦路”，每一处跪拜时都讲述天主教会受到的迫害，过程十分冗长。那天我没吃早餐，拜到最后一站，猛一起身，眼冒金星，昏厥在地，被七手八脚抬走，长久成为笑柄。

朱神父长年与上海消息断绝，对故乡的思念之情特别深。那时台湾的广播电台有上海话节目。某次去服务中心，朱神父在听沪语广告，他说："过瘾过瘾，听这个真正过瘾。"

节目中的广告有人在推销酱油，朱神父听了又不可止地和收音机对话："那么侬格酱油嘛，一定是顶呱呱的咯！"

像在即兴表演南方滑稽，笑歪了一屋子的人。

朱神父的干劲十足，不久我们的圣母会服务中心从零零落落十来人，到后来的折叠椅子都不够用。朱神父将大家分成几个小组，一晚上他在每个小组轮流指导，忙不过来。有人戏言：

"神父忙到像舞女转台子。"

他不以为忤，下巴颏更朝外突出了点，开心地说：

"红了红了。"

于斌总主教来参访圣母会服务中心，做了一台弥撒，朱神父派我辅祭。于总主教是东北黑龙江人，他在弥撒中讲道，言语生动，座中笑声连连。那天的讲道内容大概是劝勉教众要谦卑、有原则，于主教说：

"从前有个身体很壮的小伙子，走在街上耀武扬威地说：谁敢打我？从那边过来一个人比他还壮，伸出拳头来说：我敢打你！这个小伙子就走过去和那个人站在一起说：谁敢打咱俩？”

暑假青年夏令营，是服务中心的重要工作。第一届办得惊险，吃饭差点出问题。往后夏令营一次比一次规模大，朱神父说夏令营和我们一道成长，夏令营留给我数不尽的欢乐回忆。有一次朱神父要我负责夏令营的文娱活动，我绞尽脑汁想节目，音乐猜谜、教义常识有奖征答、智力测验、辩论会等。

其中有精彩的“人物表演”节目：观众抽签，抽中的上来表演预设好的一个人物，请大家猜猜那是谁。德高望重的奥哈拉神父（Fr. O’Hara）中签，他需要表演的是玛丽莲·梦露，奥哈拉神父拿着纸条子频频冲着我摇头说：“这……这个不好。”

我再替他抽出一张来：偷十字架的孩子。是同名电影中的一段戏，奥哈拉神父演得非常传神。

我还硬着头皮上场说相声，说学逗唱猜灯谜：

“远看是个电风扇，近看也是个电风扇，电风扇归电风扇它就是不转，你猜是什么东西？”

捧哏的说：“猜不着。”

“它是个坏电风扇。”

台下哄然大笑，我们俩愣住了，有那么好笑吗？再说一个谜语：

“当了半天模特儿没拿到钱，猜一位电影明星。”

捧哏的面露紧张，摇头说：“不知道。”

“谜底是白光。”

台下又笑成一片。

这个谜语在天主教的夏令营上说，确实不妥。但是我注意到那位比利时来的马致远神父，他听相声有些困难，就叫身旁的一位教友频频解释，所以马神父的笑声会比其他人慢两拍。模特儿谜语的笑声安静下来之后，就听见马神父单独地纵声大笑起来，开心得很，我知道没问题了。在夏令营的表演出了点风头，多年后我从事电影工作，有一股子莫名的自信，大概是从夏令营说相声开始的。

服务中心办一份平易近人的天主教双月刊——《慈音》。除了朱神父，没有专职员工。大家分工：翻译文章、校对、拉稿子、发传单、贴海报、跑印刷厂、打包、贴邮票、寄送——我都干过。

出刊前几天最忙，大部分工作就落在朱神父身上。他有名言：

“你要是想害哪个人，就鼓励他去办杂志。”

印刷厂运来一摞摞颜色鲜活、散发着油墨气味的新杂志，大伙有说不出的成就感。

每逢母亲节，《慈音》出特大号专辑。那次我邀到了李敖的文章，写他的母亲和家人。朱神父看完了笑眯眯地说：

“这篇稿子写得蛮有趣，但是我们的母亲节特刊，登一篇消遣妈妈的文章，格个弗太好耶！”

只得退稿，有点对不住李敖学长。

朱神父时时刻刻都在青年教友中发展神职人才，他不辱使命，有不少台湾青年入耶稣会，日后成为知名的神父。“避静”是感应“圣召”最好的机会，我参加过好几次朱神父主领的避静。一连七天，望弥撒、唱诗、念诵、听讲道、不准说话。真有奇效，一天不说话心就沉淀下来，空澄明静，思路专一，不时有莫名的感动。

朱神父有一篇号召投身基督事业的演说，以耶稣第一人称的口吻娓娓道来，从数百年耶稣会在中国传教的史迹说起，历经挫折，天主教在台湾蓬勃发展，吾主的事业正需要你来完成，你不干又有谁来干？讲稿层次清楚，语调铿锵、挚情感人，闻者热血沸腾。朱神父是一位充满了感情的传道者。他询问每一位参加避静的同学，有没有圣召。

我？我是为了“泡马子”才勤跑教堂，开始就用心不正，内心始终期待着享受男欢女爱之乐。惭愧都来不及！朱神父祝福我以后有一个幸福的天主教家庭。他是我们的神修导师，不久就关切地说：

“我要同侬谈谈灵魂上的光景。”

父亲中风后失去说话能力，焦躁难安，病情不稳定，我邀朱神父去病房。坐在爸爸对面，神父指着我说：

“我是你儿子的好朋友。”

爸爸抢着说话，一个字也出不来，脸涨得通红。朱神父语气和缓，一句一句地说着，老人的情绪随之平静了。

赴美国留学，朱神父、小淘气他们去松山机场送行。我远飞到陌生的国度，忙着求生存，与天主教日渐疏远，心由境转，昔日的宗教热诚不再，以后根本不进教堂了，也没有和天主教徒结婚，又离婚再娶，往事一言难尽。

七十年代初，在旧金山接到一封朱神父的航空邮笺：不日将抵达美国西岸，希望见到我。十年后，他风采不减，乐呵呵谈笑自若。我混充导游，开车乱转。整日谈的都是当年圣母会服务中心的糗事、趣事，乐不可支。他再也没有问我“灵魂上的光景”。

神父早看出来我已经远离天主教。分手时双方都怅然若失。

又是十多年，我回台湾筹拍电影，大概报纸登了一则小新闻，昔年服务中心某老友打电话给我，他说：“朱神父在找你。”

朱神父这回显得苍老，头发稀疏，背微驼，但是仍然气色奕奕，健谈如昔：

“刚刚切除了一只肺，肺癌，复原得不错。冤枉吧！我一口烟也没抽过。”

“几年前在波士顿排队买票看你的电影，好不容易才买到，位子太偏我就站在后面看完它。”

胸口突然发热，我止不住有点哽咽。

朱神父邀我去圣家堂望弥撒，非去不可，那台弥撒是为了我。望着曾经非常熟悉的祭台，跟着大家行礼如仪。朱神父讲道，再度听到了他的上海口音：

“今天吾们很高兴地来欢迎一位老邦右（朋友）……”

灯光下，我的鼻尖上顶着老花镜，仔细阅读一本朱励德神父纪念文集。朱神父在天主教的地位显赫，曾调往罗马担任耶稣会总会院长，定期和教宗开早餐会；肺癌愈后他还奔走于亚、欧、美三大洲之间。后来他要求回台湾，辅导末期癌症病患。一位过来人，最能抚慰惶恐悲伤的临终者。他曾坦率地告诉我：

“我一直认为教育工作比服侍老人、病人更有成就。前者是桃李满天下，还能造就杰出人才。照顾老、病人，只见他们一个个离去，有什么成就？照顾了癌末病人之后，才了解自己是大错而特错。在耶稣会做了三十年的行政工作，有什么感想？我浪费了三十年。”

我们的圣母会司铎朱励德神父，一生勤奋，做出了辉煌的成绩，几十年的岁月里，他不断领悟到更深的教义：病患的临终关怀最是紧要。我知道，走向人生尽头的朋友，有朱神父陪伴着，听着他温和低沉的声音说：“同侬谈谈灵魂上的光景。”然后安然幸福地走向另一个世界，我真的知道。

留学美国不是梦?!

意气风发的青年

稍不注意，我已经是资深大学生了。英文的大学四年级生叫senior，就是资深的意思。确实是有点资历了，都干了些什么呢?

读书从来不曾是我的大学生活重点，那么我的重点何在?

其一：常常在女生宿舍门口站岗。傍晚时分，但见宿舍门外有不少穿戴时髦、吹起蓬松飞机头的俊男（自觉很俊），内心焦躁又故作泰然的样子，不停地徘徊，或倚树发呆。静候宿舍内某一位窈窕淑女，她正精心地慢慢化妆。实在熬不住了，就低声下气地到传达室，央求那位大姐再叫一次。传达大姐最是得罪不得，此人面恶心善，粗声粗气地不假颜色。她例行的回答是：

“已经叫过啦！”

再三央求，大姐就在原地大叫：“×××，有人找啦！”

这位大姐挺有正义感的，有时她自言自语：

“这人一直都是找×××的，啊，他现在又找别人，奇怪。”

门里门外听得一清二楚。

约了女朋友又往何处去？西门町看电影是主要节目之一，什么片子都看。有次带女友看《蚂蚁雄兵》，超级烂片。其中有一个众多蚂蚁吃尸体的镜头，吓得她尖叫，整个身体倒向我来，啊！感觉挺好。参加舞会是另一约会女孩子的正当理由，曾参加过数不清的大小舞会，个人舞艺谈不上精湛，基本能上场应付罢了。

看电影、跳舞都是醉翁之意不在酒，重点在掌握送回宿舍前的临别依依。夜凉如水，月色朦胧，在校园携手踱步。见到杜鹃花丛四下无人，就铺下手绢并肩而坐。喁喁私语，说到情不自禁，未免就缠绵起来，细节也难以尽述了。与女朋友约会费思量、耗时间，卿卿我我乐矣哉！事过境迁了无痕。

其二：酷爱舞台剧。在台大枫叶剧社共筹备演出了三出戏，台上台下忙得团团转，仅仅说排戏这一件事，花下去的时间精力真不好算计。如今回忆起排练舞台剧的诸端趣事来，还是止不住地开怀而笑。

其三：投入天主教圣母会服务中心的各项活动，包括了出版杂志、举办夏令营、旅游、辅祭、避静，来劲得很。

其四：身为台湾大学电机系的正牌学生，当个中学生的家庭教师自然绰绰有余，而且市场热络。轻松当家教每月可以赚二三百元，我曾经每周五天教三个顽皮鬼，一个月有五百多元的收入。

如此这般的大学生活重点安排，你说还剩下多少时间去读书？

四年级上学期接近尾声，同学间最热衷讨论的话题是：你正在申请美国的哪间大学？当年台湾大学理工科系的学生，绝大多数都积极地准备留学美国。听到不少好消息，班上频频拿书卷奖的高手们，有的获得美国加州大学柏克莱分校、斯坦福大学，东岸常春藤学盟的哈佛、耶鲁、普林斯顿、康乃尔、宾州、布朗等名牌大学的入学许可，更精彩的是少数同学拿到全额奖学金，可以无忧无虑地读到硕士，若表现良好再继续读博士也不在话下。其他还有人取得伊利诺伊大学、密歇根大学、俄亥俄州立大学的奖学金，这几个美国中西部的州立大学，理工科系也都相当出色。不少人正在申请中，焦虑地静候回音，彼此见面的对话都是：

“Any good news?（有什么好消息吗？）”

“Not yet.（还没有。）”

“No news is good news.（没有消息就是好消息。）”

至于我呢？麻绳拴豆腐，甭提啦！三年多来跌跌爬爬地随着大家升级，年年难过年年过，一路靠着中学时期的老哥们儿王清义、郭德盛无条件的大力支援，次次低空过杆，成绩单上充塞着六七十分的难看数字。留学美国得靠真本事，就凭着那份极难看的成绩单，有哪间美国大学的研究所会接纳这样的学生？毕业之后做什么，毫无具体想法，出国留学的积极性或迫切感不高，依旧日复一日出出进进地晃荡度日。

同学们经常跑美国新闻处图书馆，有时我也跟着去凑热闹。那地方的某一角落，存放着几乎全美国各大学本年度的Catalogues（大学介绍），您要是有工夫就在那儿慢慢地看吧！

老友张国本，应届台大外文系毕业生，勤跑美国新闻处图书馆。他身在台湾，可是对美国各大学的情况了如指掌。国本与我的状况有些类似，大学四年外务甚多，不曾用心读书，毕业不是问题，成绩单却相当见不得人。但是国本老兄早下了决心：一定要去太平洋彼岸落脚闯荡，新大陆新气象，有广阔的挥洒空间。这不是在做白日梦，人家去过美国。

你说这家伙了不起吧！五十年代末期的台湾，看美国电影的人多如牛毛，总共有几个人曾经亲身踏上过人人向往的美利坚合众国的土地？国本兄耳聪目明，任何消息他都能很快地掌握。在报上读到某大邮轮即将抵达基隆港，轮上的外国游客有上百人，他老兄就依时间去了基隆码头，见到一对外国老夫妇，自我介绍当上他们的导游。一天工作下来，赚到二十美金，相当于当时普通公务员一个多月的薪水。累积几次经验后他已是个中老手，那时候台湾还没有职业导游这个行业，邮轮公司聘他做导游小队长，每逢大邮轮抵达基隆，国本兄就组织起外文系好几位同学来一块儿干。没话说，外文系同学的英语绝对够用，干这件事如同吃小菜一碟。

他还有其他的生财之道。美军顾问团在台湾驻扎的人数多了起来，携家带眷地住在北投一带。美国人住台湾一定要享受与美国一般的待遇，就设立了PX购物商店，里面都是自美国空运来的各类商品，包括了饮用水，等等。国本神通广大，凭着他流利的英语，结识了一两位关键美国佬，有时候把PX商店的剩余物资，如最抢手的罐装啤酒，拿出来兜售，一转手就赚到可观的利润。

那时候国本的荷包富裕，有次带我上圆山饭店西餐部，他替我叫了一份club sandwich，我从来没见过这种内容丰盛的三明治，开了一次洋荤。那个年月club sandwich还没有中文翻译，后来人们管它叫“总汇三明治”。比较起来我只会当个中学生的家教，死命拼一个月，才挣到五百多元，相形见绌得厉害。

有一天他告诉我："有个团体正在找人演戏，你要不要去应征？"

我是个酷爱演戏的戏虫子，当然有兴趣。他很慎重地叮嘱我：

"去应征之前要好好预备一下：首先你得用英文做自我介绍，最好能对答流利。这里有些资料，赶快花时间仔细读一读，了解人家是搞什么名堂的。还有，你要预备一首歌，到时候唱他一段。"

听着挺唬人的，什么来头？

国本已经加入"世界道德重整委员会"①，这个组织正计划在台湾招募人才，排练一出戏，赴美国各地演出。我即刻兴奋起来，如果应征被录取，那就可以免费去一趟美国，参加一出舞台剧的巡回演出，这对我来说真是太合适，太完美啦！

---

① 美国路德会牧师布克曼（Frank Buchman，1878—1961）创办。布克曼认为人类的危机，是人类内心的骄傲、贪婪、仇恨等问题形成。彻底解决全球人类的危机，必须发挥人性的自觉与道德力量。他发起了全球性的"道德重整运动"。布克曼早年数度访问中国，曾研阅《大学》与《中庸》(辜鸿铭译本)，仰慕中华文化。布克曼说："人们只要记住上帝与孔子，就能把混乱的世界挽救过来。"何应钦、罗家伦等名流，都参加了道德重整运动。

颇为紧张地前去应征。在一位名医豪宅的客厅里，挤满了俊男美女。我坐在那里，频频默念准备好的英文讲词。自我安慰，要说演戏这桩事情，放眼望去有谁配做我的对手呢？一位中年美国女胖子致辞欢迎，说明应征会的规则，鼓励大家放轻松不必念台词或试戏，自然地介绍自己就好。然后就听见一个个的说起英语来，各有优劣，每个人选了首歌哼哼唧唧地唱着，坐在那儿当听众蛮受罪的。

轮到我上场了，预备的那一套英文自我介绍，自以为还说得不赖，其中一段是现学现卖，说了些仰慕“道德重整运动”的话，言不由衷相当肉麻。回到原座位，国本在一旁偷笑，他说：

“人家这个组织叫MRA，你一直在说MAR，前后五次。”

“道德重整”的英文原名为Moral Re-Armament，正确的翻译应当是“道德重新武装”，简称MRA。我没仔细看资料，上去就犯了几个名不正的致命错误。

唱一首歌更是手忙脚乱，其实我会唱的歌不少，多是美国流行曲子：*Are You Lonesome Tonight*、*April Love*、*You Never Know*等。然而这些歌恐怕与“道德重整会”的宗旨不符，唱了那些歌之后我的道德立刻会被他们重整？伴奏的女士大概也不会弹那些歌，就临时选了首中国艺术歌曲:《我住长江头》。我唱得荒腔走板，中间还忘了词儿。不用问了，MRA没有录取我，只好自嘲：我的道德还不错，何须重整?

国本兄几个月后周游美国回来，一五一十地同我讲述了美国之行的种种：美利坚合众国先进，辽阔，富庶，充满了机会（指发财的机会)。结论：我们一定要到那边去发展。

我最好奇的是：你们在美国各地演的是什么戏呀？国本说：

“就演那么一套戏，没什么剧情，没头没尾的，随时编点新东西进去，几个演员在台上你一句我一句地谴责共产党。”

“用英文讲台词?”

“不是，他们的英文都不行，就在那里讲自己的方言，然后由旁边的主持人以英文解说。”

“太可笑了，这叫什么戏呀!”

“对，肉麻当有趣。有一个团员只会说上海话，声音很大，轮到他的时候他就情绪激动地扯起喉咙来骂上海粗口:‘……侬个烂无屄生的……!’在台上演群众的只有我听得懂上海话，必须用力憋住气别笑出来。当然，脏话没有译成英文，老美观众还说他演得好，有passion（激情）。”

我们下定决心，一定要到太平洋彼岸闯天下。但是学业成绩这么烂，去得了吗？国本老兄自有办法，他说：

“美国的大学多如牛毛，很多学校很喜欢招收留学生，录取的标准不完全看成绩，他们还注重其他方面的特长和发展；譬如课外活动的表现，运动、唱歌、演戏、演说、写作，等等。”

我听了真的很佩服国本，一趟美国之旅，有了行万里路如读万卷书的长进。可跟着他跑美国新闻处图书馆多次，我还是头昏脑涨全无重点，该申请哪间大学呢？国本认为不妨试试天主教在美国办的大学，为数甚多，他建议：

“你是天主教圣母会的活跃分子，去问问美国神父，介绍几间学校，到时候请神父写封漂亮的介绍信，说不定会很有用。”

国本非常积极，他申请到一所美国天主教大学×××Seminary：免费学习，包吃包住，主修神学。有这等好事？觉得不可置信，我们一道去见奥哈拉神父。老神父了解情况之后，看着国本笑眯眯地说：

“你已经下了决心奉献自己做天主的仆人。How wonderful！”

原来Seminary是天主教的修道院，毕业后必须当神父传教，但是国本兄发下的宏愿路人皆知：在三十岁之前成为百万美元富翁。要他每天在祭台上做弥撒，满脑子却想着大把绿油油的美钞，不甚相宜。

挥别最高学府，掉进了竹子坑

台大毕业照

我考上台大电机系时，成绩排倒数第三名，毕业时还是倒数第三名，可谓一路走来，始终如一。四年来逃学记录惊人，根本没好好读书，成绩单当然不好看。凭着点EQ，那些好同学不藏私，危难时倾囊相授，昏天黑地地度过了八个学期，居然没“当”过一次，也是个难以置信的纪录。

1960年6月下旬的台湾大学毕业典礼，毕业生穿着黑色学士服，一排排坐在台下的折叠椅子上，台上的演说者一个接一个，每位操着乡音、口齿混浊、言不及义，听众多不理会，彼此窃窃私语，有如一群群嗡嗡作响的蜜蜂。

好莱坞电影中的大学毕业场面，典礼最重要的一刻：司仪喊着一个一个毕业生的名字，大家陆续上台，从校长手中接过毕业证书，校长亲手将学士帽上的穗子从一边移到另一边，你才算获得了正式的学位。我们这里当然没这一套，那么多毕业生一个个地上台要耽误多少时间，典礼结束之后各自去系办公室领证书不就好了吗？

美国电影中还有一幕：典礼完毕，全体毕业生齐声欢呼，把帽子一同丢向上空，镜头里一片“帽海”。用钱租来的学士服和帽子，怎么可以乱甩掉？等一下大家还要穿着这一身衣帽，赶快去大学对面的“老二照相馆”，正儿八经表情严肃地拍他一张学士照呢！

无趣的毕业典礼终于礼成了，校园里还有上千名穿着学士袍子的男男女女叽叽喳喳，三三五五聚集不散，找个景点摄影留念。转角处碰见瞿树元（物理系书卷奖得主）、吕其康（土木工程系高才生）、张国本（外文系），还有狐狸精（就是国语实小六年级班上最好看的那个女生），五个小学同班同学，又同时在台大毕业。瞿树元有照相机，我们难得地合了一次影。昔日的漂亮妹妹，如今吸取了十年日月之精华，照片中的她，魅力最是难挡。

没有感到太多的离愁，是年少不知愁滋味？台大的四年岁月金不换，它充满了趣事、糗事，还有幼稚的冲动、荒谬，太多的欢乐和感动。但是来去如风，一切就此别过，有说不出的惆怅。陡然间，仿佛又听见萨孟武院长在新生训练上讲的话：

“台湾大学的学生，用精、灵、鬼、怪四个字就可以代表了。”

我对青春无悔，如果再读一次大学，大概还是会精、灵、鬼、怪地走一遭！

后记

毕业五十周年后，我们回母校开规模盛大的同学会。钱致榕（海内外知名的物理学教授）讲起我们大一上工程画的往事：三个小时大家都在认真画图，听见班上有个小子一段接一段地讲笑话，荤素不拘，大家都笑翻了。当时老钱就觉得这个家伙将来一定会去搞电影，那个家伙就是我，多年后晚节不保，真的当了电影导演。老钱这哥们儿确实有先见之明。

刘兆汉（台湾中央大学校长、台湾中研院院士）在同学会上向台大校长介绍我："当年我们电机系分电力组、电讯组；噢，还有一个电影组，电影组只有这个人念！"

台大校长一脸茫然，他根本不知道刘兆汉在说什么，一群老同学却开怀地大笑起来。

大学四年真正玩得最开心的非胡北山莫属，他老兄的艳事不断，同班同学个个羡慕不已。盛大的五十周年同学会过后，文才盖世的王大乌（名孔启，美国华盛顿州立大学电机系资深名教授），为胡北山当年在台大的风流韵事，写了一段传神的描述，颇有元曲味道：

"遥想当年胡亏[①]初来到，英俊潇洒意气高，迷倒怀春女儿知多少，湖上方见天鹅舞，艺专又闻云雀叫[②]，手抱吉他作琴挑，引得那莺莺燕燕尽朝台大跑，一曲*Love Me Tender*犹未尽，我又初恋了（妙在'又'字），别人初恋唯一次，胡亏何止千百遭？"

---

① 我们彼此以"亏"互称，指大家都纵欲过度——盼望如此，患了肾亏症。

② 胡兄女友群中有芭蕾舞者、女高音，难以数计。

新科电机工程学士，接下来做什么呢？不知道。那时台湾的电子工业尚未萌芽，任何与电机相关的企业也不多，你得了电机学士学位，基本上并没有任何专业工作机会。有两个公家单位，电力公司、电信局每年雇用若干电机系毕业生，但名额极有限，去了那个地方就得准备好当一辈子的公务员。

嗨！担心这些干吗呢？性别栏上注明是“男”，身体健康的每一位，都难逃一劫，必须要当两年的兵。入伍之前与同学们无目的地四处瞎逛，胡混乱玩了两个礼拜。

第九届预备军官入伍训练中心，在台中县竹子坑。心情万分沮丧地前去报到，当场就被剃了个光头，领了军衣军帽塑料军鞋，穿上之后在外貌上个个都成了阿兵哥。军中常用的一句话：“新兵都是死老百姓。”

编入竹子坑训练中心第十一连第一排第一班第五号学员兵（又是五号，我与五结下不解之缘）。入伍训练共十二周，每日从早到晚不让你闲下来片刻，活动安排得让人喘不过气来，与四年闲散的大学生活形成强烈对比。

大清早一跃而起，把被子仔细地折成有棱有角的豆腐干形，简陋的浴室空间小，大家挤来挤去抢着接水漱洗。上大号更紧张，只有几个号称三天才冲一次水的“蹲坑”(经常一星期不见处理)，恶臭难当，必须要及早捷足先“蹲”，否则你就得憋到晚上，处理过程宜快速，因为后面还有不少人等着蹲。早点名迟到者罚扫厕所，本连的干部还要受上级的严厉批评。

我们的连长姓彭，性格温和，从来没见到他疾言厉色地说话。他训斥大家抓紧时间不要迟到，开始时效果不彰，他一再苦苦要求大家不要迟到，说：

“你们不晓得，上面骂起人来完全不留情面，真的受不了!”

扫厕所的工作实在恶心，几位慢动作迟到大将，后来也自觉地能赶上集合升旗了。

彭连长那年三十三岁，我们觉得他很老，连长的级别应当是上尉，但是他的肩头还只有两条铜杠子，中尉。有一次课后大家与他闲聊，问连长是不是快要升上尉了？连长轻声叹了口气，操着浓重的湖南湘潭口音说：

“我们湘潭出了一个同乡，他叫毛泽东。”

训练课程排得满当当，上下午都要出操，从“步兵基本徒手操练”开始教起，立正，稍息，向右看齐，向后转，等等，一律再学一次，做错了经常挨骂：

“大学生连左右也分不清楚吗？”

高阶一点的操练是“劈刺”，步枪上了刺刀，跟着口令迈起步子来持枪朝前戳。还记得那位劈刺教官，上课时先大吼一声：

“科目！”

学员们立刻挺身立正，教官接着说：

“步兵基本劈刺操练。这个基就是基本的基，本就是基本的本。”

M1半自动步枪上头装刺刀，分量不轻，随着教官的口令往前冲刺，口中也要喊：杀杀杀！嘿嘿！劈刺在中学大学的军训课都学过，就那么几个动作，只是没有训练营教得这么严格。但是我们这些摇摇晃晃的少爷兵，真能上战场拼刺刀吗？

那时台湾部队的军官多数来自大陆，省籍不同，南腔北调的很热闹。副营长是山东人，看我们个个都不顺眼，经常以恶毒言语批评人。他的语录有：

“俺的任务就是要把你们这些死老百姓变成革命军人。”

“大学生有什么了不起？你们的学问大是不是呀？动作不对照样叫你给我匍匐前行五十米。”

最怕全副武装在大太阳底下爬行，爬不了几米就浑身湿透。

副营长说：“你们不要学那个胡适之，他胡言乱语的，对‘领袖’非常不恭敬。那个人恨不得把鼻子变高，眼珠子变蓝，做一个道道地地的外国人。”

多数的大学生崇拜胡适之先生，听到这种言论，台下自发地起了一阵阵嗞嗞嗞不同意之声。副营长立刻翻脸，他说：“这是什么意思呀？我不懂。你们哪一个有什么意见，上来说给我听听。”

识时务者为俊杰，生存第一，没有人傻到那种地步上台同他辩论。

某次十一连行军训练归来，精疲力竭，进入营门前执行官要大家提起精神来，步伐一致。还没走几步，副营长不知从哪里蹿了出来，他大声吼叫：

“这是哪里来的一群难民哪？十一连的干部都死光了吗？”

执行官喊口令，大家振作起来，挺胸齐步走，挺有点气势的样子。再来一个唱军歌，还没唱几句，副营长又嚷嚷开了：

“这也叫唱军歌吗？既不整齐又难听，统统给我闭上嘴！”

顷刻肃静，全体垂头丧气地走回营房。

只发两套内外军服，每日汗如雨下，湿透了晾干再穿，军服外衣上因为体内排出来的盐分，结晶成为一道道的白色线条。一周收集一次脏衣服，包给外面的老百姓洗晒。据外出采买的学员报道，他们看见洗衣服的商家，应付不了那么多的脏衣服，就挑着一担担的脏衣服下河，就在河中过一下子水，脏衣服原封不动地挑了回来摊在河边石头上晒干。仅属传言，无法证实。

确凿无误的是，大家都染上了“绣球疯”。那是一种长在睾丸囊外的皮肤病，痒起来浑身不自在，常常忍不住地搔抓裆下，动作不雅，有失军人的庄重仪态。严重的“绣球疯”流脓流血，沾到就被传染上，这种顽疾很难治。副连长发药给每个人，嘱咐学员们在洗澡后涂那种药在囊下，保证有效。此药刚强猛烈，擦上去之后如同火烧一般。但见整个寝室中，人人赤裸裸地在上铺下铺乱蹦乱跳，哇哇哇怪叫连声，活似美国西部电影中印第安人的群舞场面。

体力消耗量大，每日三餐必须尽量摄取足够的营养。早餐一律是豆浆馒头，配上数小碟酱菜。富蛋白质的豆浆供应有限，争取喝他两碗得用点脑筋。有那贪心的（为争取营养哪个不贪？）先盛上一满碗，滚烫的一碗豆浆要花时间才喝完，再起身去盛，豆浆桶子早已空空。聪明人第一次只盛半碗，它凉得快，一口气喝完，马上起身从容地盛了分量充足的第二碗。

六人一组，小板凳围坐一圈用饭，青菜豆腐为主，肉丁为辅，偶尔加一颗卤蛋，火头军的手艺高，能将卤蛋平均分成六瓣。我们这组有位身强体壮的篮球选手，食量甚宏，下筷子抢菜既快且猛。选手在顷刻之间能将三瓣卤蛋送入口中，此人是一名超级“菜虎”。几次下来同组人员抗议，要求他筷下留情，选手瞪起眼睛说：

“我觉得米饭没有什么营养嘛！”

其他五人只得当“饭桶”，多吃那营养价值偏低的米饭。后来他被调去集训比赛篮球，我们这一桌人的平均营养才有了提升。

有位政治大学的学员兵，力图表现：立正的姿势挺胸收腹，两手垂直地紧贴裤缝，收起下巴屏住呼吸很久，既精神又标准，连长当众表扬了他。代表本连参加演讲比赛，他重复地说“军人以服从为天职”，五分钟内重复说这句话有五次之多。

好不容易熬到第一次放假两天，大家迫不及待地一早冲到台中车站，各奔南北回家去。这位以服从为天职的仁兄不离营，就在营区四处晃荡；给院子里的花草浇水、修剪枝叶，钉钉这里敲敲那里，清洗墙壁上的污垢。训练营的干部一一看在眼里，对这位学员赞不绝口，呼吁大家要向他学习。

太过分了，在竹子坑每日累到四肢无力，躺下去想到心上人，便由不得一枝独秀起来。放假不回去会女朋友，我们都会犯强奸罪的！

上级特别关注第九届预备军官的入伍训练，经常有中将、上将级的司令官前来巡察。又传出来青年导师蒋经国，不日要亲临竹子坑探望他的青年朋友们。训练营的干部从上到下紧张万分，操练时间加长，内务整洁的要求更严格；清早将被子折叠成整齐的豆腐块很费时间，有人为了多睡几分钟，那几晚就和衣而卧。

我们这个十一连，军歌唱得奇烂，已经出了名，连长下令利用晚点名时间多练几首歌曲。

经国先生行事低调，不告知他的来访行程，某天早上他突然出现了，在四周走走看看，不做演讲。中午，经国先生要求每连派一名学员与他共进午餐。代表第十一连的学员，不用问，就是放假不回家、在营区浇花的那位仁兄。

午餐归来，连上的干部再也不夸奖此人了。怎么一回事？据了解，午餐时，经国先生垂询：各位青年朋友，讲一讲两个月来的受训心得吧！我们十一连的代表说：

“我觉得这里的训练不够严格。”

我的妈呀！蒋经国听到入伍学员说这话，当作何感想？当场自预训司令官，竹子坑训练营营长、副营长到连级干部等，个个目瞪口呆，面面相觑，脸色发绿。

在异常艰困的生活环境中，芸芸众生拿出五花八门的求生技能来，八仙过海各显神通。自私、霸道、阴险之徒真的不少，忠厚、仗义、患难相助的哥们儿也结识了好几位。

弹弓偷袭长官冤案

晚点名，执行官率领全体向连长敬礼，通常此时他就说几句话，然后解散回房就寝。没料到连长这天的面色凝重，厉声喊道：

“王正方、苏必凯、黄华胄，统统给我站出来！”

苏、黄两位哥们儿和我都是十一连第一排第一班的学员，站在全连的最前排，体格容貌都算周正，当然我们几个平时也挺会折腾事儿的。连长大声谴责：

“刚才晚会的时候，你们三个人在队伍中不守纪律，用弹弓发射石子，打中了第十连陈排长的后脑勺！”

天大的冤枉呀！第十连的陈排长脾气大，每天摆着一张臭脸，以恶性整人为乐，但是他管不到隔壁十一连的我们，干吗要用弹弓打他？但是部队里的事就是这样，容不得你争辩，三人以标准立正姿势，直挺挺地听训。骂完了全连解散，连长也走人，受罚者还在原地立正；约二十分钟也不见动静。苏必凯偷偷地说：

“这时候如果我们有人能哭出来，就有办法了。王正方，听说你很会演戏？”

一腔怒火，哪里哭得出来。我提议绝对不能承认这件事，他们根本没有证据，找不到祸首就来这个恐吓策略，也许因为我们平时比较活泼，就被列为嫌疑犯？大家要挺住。

指导员慢慢走过来，叫我们到他的房间里去。这位指导员的听觉不太灵光，他多次大声地说：

“俺从前当炮兵连长，耳朵给震坏了，现在俺是个聋子。”

我代表三人向指导员说明：看晚会的时候我们规规矩矩地坐在小板凳上，第十连列队坐在前面，陈排长根本没走到后边来，而且我们从来没玩过弹弓。有人见到我们打弹弓吗？

这一段话很费劲地大声向指导员申诉完毕，他不时打断要我重复一遍，也做了记录。然后他用锐利的目光一个一个轮流扫射我们三人，操着山东济南口音，提高嗓门儿说：

“你的说辞我记下来了，这还要进行调查。假如查明了这是一项违反纪律的行为，我们是要严办的！”

“我们是要严办的”这几个字他很大声喊出来，震撼屋瓦。

过了好多天，这桩“弹弓偷袭长官”的案子不见下文，我们三人反而在心中嘀咕起来：调查进行得怎样了，真相不明他们会不会硬把这件事扣在我们头上？黄华青和我是台大电机系的同班，成绩不错（嗐！几乎所有同学的成绩都比我强），服役完毕之后他肯定要去美国深造。华青最担心的是在军中若留下不良记录，申请留学会不会受到刁难？老实说，我可是从来没想过办留学被打退票的困扰。

苏必凯在政治大学读社会学科，讲话幽默，喜欢自嘲，经常一开口就语惊四座。老苏的点子多，他低声警告华青和我：“我们不能够这样子傻等，如果案子查不出结果来，记录上写的就是这三个人打了那个操蛋东西，整个完蛋！应当积极主动出击，表现一下子。”

华青和我全神贯注地瞪着他，老苏慢慢地说：

“我们三个一起申请加入国民党。”

入伍第二周，指导员就曾个别地找过不少学员谈话，探问有没有加入国民党的意愿。在入伍训练期间积极吸收党员，应该是他们的既定计划。据说还特别提到“中山奖学金”[1]，入党之后，就可以申请这个奖学金深造。奖学金优厚，给付学费、生活费，只需专心攻读学位，毕业后回台服务，前程似锦。可是指导员从没有找过我们这三名活宝个别谈入党的事，大概他观察了一阵子后得到结论：这几个家伙皆非可用之辈?!

老苏的建议确实是个高招；我们主动向指导员请缨加入国民党，必然能为指导员的业绩加码，一旦成为党员，这个“弹弓偷袭长官”的案子自然一笔勾销，而且有了党员身份，对通过出国留学的审核肯定大有帮助。

指导员竖起耳朵听了我们的申请入党要求，咧开嘴巴笑了。然后他同我们从头地讲：中国国民党的起源、困苦的革命过程等

① 1960年国民党开始颁发中山奖学金，报考人数七百二十人，录取二十名，最知名的有江丙坤。第二届录取十名。多年来拿中山奖学金在欧美念书的知名人士有：陆以正、宋楚瑜、胡志强、马英九、关中、赵守博、詹春柏、李大维、许胜雄、金溥聪、江启臣等要员。中山奖学金考试委员会主委邵玉铭曾表示，二百二十二名中山奖学金获奖者中，人才辈出，这个投资是值得的。但这项巨额投资也发生过意外：张俊宏、许信良都曾获得中山奖学金，学成归来却投入另一个反国民党的政治阵营。

等，说得口沫横飞。

估计他还会讲很久，因为最后的篇章应当是：退居宝岛台湾，负起了反攻大陆的神圣使命，即将完成国民革命第三期任务……怎么办呢？只有继续听他那山东腔的国民党党史。

填好申请表格，还要找两位党员介绍人推荐签署，麻烦了，找谁呀？指导员胸有成竹地建议：

“去问问连上的同学，看看哪个愿意介绍你入党。”

我们的十一连，有很多党员吗？理工科的同学多半对政治兴趣阙如，在政治方面有点钻研的高手，开口闭口谈的是哈耶克、加缪、斯宾诺莎、黑格尔、弗洛伊德，那才叫有程度。

预训中心敦请陶希圣、罗刚，还有其他政工干校的名教授来讲国民党的历史和党义，大家多数在台下打瞌睡。还记得有位教授操着浓重东北口音，每一句都以“的话”作收尾，他说：

“……革命先烈的话，他拿着手榴弹的话，往前冲锋的话，为什么的话，他就不怕死呢？”

我们连上有位社会学科高手上课时，侧着身子面露不屑之色，偶尔还呵呵冷笑一下子。他私下说：

“三民主义肯定无法占有任何历史地位。”

“为什么?”我问他，透着一脸的无知。

“因为三民主义只在东拼西凑，是一盘大杂烩。”

我认识的朋友群中，有谁要加入国民党呀？惭愧，皆因为在下蒙了这场不白之冤，必须要借力使力谋求脱身之道。

排在队伍末尾的小顾说，他可以做我的入党介绍人。怎么可能？出操休息大家闲聊的时候，话题总会绕到对时事的批判，小顾知道很多内幕消息。他讲过如何骗取美援的故事：

“有人得到内部消息，临时组个建筑公司，标到某项工程(那时台湾的公家工程，经费多半来自美援)，随即开始动工，等到第一拨经费拨下来，这间公司马上倒闭，赚的就是那笔钱。几个人分也有不少进账，大把美金到手啦!”

我们听不懂这些事，问：

“这样子骗钱没有法律责任的吗?”

“公司倒闭一定会被告，这些人早就想好一套钻法律漏洞的办法，内神通外鬼，钱一旦进了荷包很难再吐出来的。”

小顾还告诉大家很多匪夷所思的贪污手法。他对官商勾结如此洞悉，为什么又加入国民党呢？小顾私下对我说：

“反正我们都要去美国发展，必须通过申请这一关，如果你是个党员就容易得多。这一点你得相信我。”

“当然相信。另外一个介绍人找谁呢？”

“资深国民党党员就睡在你上铺，干吗不去找他？”

睡在我头顶上的是政大研究生郑贞铭。

两个介绍人签名盖章，一切就绪。指导员再与我做一次面谈，问了那个必然不可少的问题：“你为什么要加入国民党？”

嗨！要是实话实说了，一切都得泡汤。我灵机一动便说：

“我申请入党，因为国民党是一个很令人失望的政党。”

两耳重听的指导员倾过身子来大声问：

“你在说什么？”

我重复了一遍。指导员扬起眉毛来说：

“什么？你要是认为这个党不好，干吗还要入党？”

“因为我认为自己还算优秀，入党之后如果能够发挥力量，可以让国民党变得好起来。”（这一番话够厉害的吧！）

开始时指导员颇有诧异不解的表情，他想了一会儿方才点头微笑。

后记

在军中服役时，党员必须定期参加国民党的小组会，指导员主持会议。会中曾讨论过什么，至今已记忆不清了，因为实在太无趣。小组会上要求每个人发言，我很不习惯讲言不由衷的话，深以为苦。后来与指导员达成协议，每次由我来做时事报告。这个容易，我就把这段时期报纸上的重要新闻记下几桩来，加油添醋地报道，他们听了觉得生动有趣。靠着这一套每次轻松过关。

初到美国，在密苏里州某大学注册上课。校内有位学长是资深国民党党员，联络具党员身份的同学去他家开国民党小组会。学长够厉害，他掌握这么多个人资料？我们也无所谓，这位学长家里藏有美味肉酱罐头，去一趟可以趁便补充营养。党小组会热闹，同学们吃吃喝喝、抽免费香烟、胡扯淡，根本没在谈大事，私下里我们昵称它为“吃党小组会”。一直怀疑这位学长如何写每次的会议记录，胡乱开销呈报上去没问题吗？一年后学长毕业离校，“吃党小组会”结束。

“保钓运动”在美国各大学风起云涌地展开，我积极参加了这个运动，被列为“左派学运领袖”，后来更称我是“共匪文化特务”，简称“王文特”。国民党主办的学生刊物如《波士顿通讯》等，经常撰文或发黑函攻击我；“反共爱国联盟”对“王文特”的讨伐也不遗余力。可能那个年代的信息查询不方便，鄙人本是资深国民党党员，入党介绍人是国民党的要员郑贞铭同志。

兵工学校的“登儿”们

我们最怕的是夜间紧急集合：半夜号角响起，数分钟内全体都要穿戴整齐、配备正确无缺，在操场上列队接受指挥官的检查；同时又有人去各连视察内务，谁的被褥没有叠成四方形的豆腐块状，事后受处罚的被牵连的人会有一大串。

先来一次紧急集合预习，凌晨两点大家被叫醒，乱穿衣服鞋子、抓到别人的钢盔就戴上、随手摸到一支枪急忙冲向操场找自己的队伍，一片混乱。教育班长先做检查，一半以上没打好绑腿、鞋带未系上，有人戴钢盔，有人顶着军便帽，纽扣扣错，忘记带水壶……更有人尚未脱离睡眠状态，夹在两名学员的中间兀自轻声打鼾。

副营长在队伍中间来回地巡视，这次他没有破口大骂，只频频摇头叹气，喃喃地说：“这种部队怎么能打仗呢？”

哪一天举行正式的紧急集合，谁也不知道，据说预训部司令官会亲自到场查验，凭良心讲，我们这副德行再怎么操练也无法过关。可是紧急集合快到来的前几天，机灵一点的同学都能感受到一些暗示，教育班长不时地说“随机应变”的大道理：

“你们打绑腿动作慢不得要领，干脆睡觉时就别解掉绑腿；来不及折好你的豆腐干，睡觉就不必用它……”

说得很露骨了，我们好几个懒家伙那几晚索性就不解绑腿，不盖被子穿着军服睡觉，反正大热天的不怕着凉。严阵以待数日，果然夜间紧急集合的号角震天地响了，一跃而起，顷刻个个装配整齐，准时冲到操场，迅速列队欢迎指挥官驾临。一场戏演得还算过得去。

十二个星期的入伍训练快要结束了，预备军官训练中心的大小干部又极度地紧张起来。营中不断传出消息：蒋介石某日要来此地视察、训话。他究竟是哪一天来谁也不知道，他的行程属于最高军事机密，全体官兵就地紧张待命。

可是我们的副营长这次倒是一点也不在乎，某天晚饭后，他叼着根牙签，穿圆领衫，肩上搭着一条毛巾，像个下了工的茶房，踏着闲散的步伐逛过来。有学员问：

“副营长，我们要怎么做好准备迎接？”

副营长笑眯眯地说：

“那个不碍事的，比夜间紧急集合轻松多啦！你想想看嘛，他怎么会三更半夜地来这里呢？所以你们在紧急集合上表现的丑态，他老人家见不到。到时候你们的立正姿势可不能松懈马虎，他下来检阅的时候，双目直视，随着他的步伐慢慢转头。要是有那种没出息的东西，临场撑不住了，你要倒也得像个军人一样，挺直了朝下摔，摔他个嘭的大声一响，还算是个人！你不能像个死老百姓一样窝窝囊囊、软趴趴地坐下去。”

某日上午，蒋介石驾临竹子坑预训中心。我们早已整齐地在操场上排列好队伍，个个挺胸缩腹，做革命军人状。台上传来宁波口音的“国语”（他自以为是在讲“国语”），听来颇熟悉，因为每年逢上“双十节”“青年节”等，都要在广播电台上聆听高频率、气势十足的文告，内容多是：

“今天是我们第 ××× 届的‘青年节’，我们…… ××× 年前的今天……黄花岗上……我们，七十二先烈英勇牺牲……我们今天，在台湾，负起了神圣使命……”

蒋公的文告演说总会重复地说：“我们”，当他情绪高涨时，音量就会提升好几个分贝。

可是今天他的嗓门不那么高亢，讲话的内容比较平易近人，至于他究竟说了什么，年代久远实在记不太起来了，无非是“时代考验青年、青年创造时代”的那个老套路吧！

他下台来巡视队伍，我们十一连第一排第一班就站着苏必凯、黄华胄、小顾、我和郑贞铭等人（都是国民党党员，但忠贞程度大不相同），大气也不敢喘，憋住了劲保持近乎标准的立正姿势。从眼角余光瞄到一行人自右前方缓缓走过来，众多高级将领簇拥着蒋公走到我们这一排来，他的军装合身而笔挺，着白手套，戴大盘帽，抿着嘴面带笑容说：“好！好！好！”

过度紧张或太亢奋，我没怎么看清楚他的真实面目。苏必凯事后说了他的详细观察：

“我看出来了，他肯定化过妆的，那张脸简直是白里透红！”

经过了这一天的大阵仗，大家都松弛下来了。副连长忙着安排本连的一个晚会，规模不大，庆祝十一连彭刚武连长正式晋升为陆军上尉。上百人拥成一圈，鼓掌叫好，七嘴八舌说恭喜的话，正在兴头上的彭连长，一口气干了三碗高粱酒。已经在别处喝了不少的副营长前来祝贺，他不断夸赞彭连长今天立了大功！什么大功？说来我们听听。副营长扯起喉咙，操着山东济南口音说：

“蒋介石视察最注重环境卫生，不论去哪里，一定要看营地的厕所。俺们这里的厕所能见人吗？”

全体一致同意副营长最后的那句话。

“今天你们的彭连长是执行官，负责介绍训练营地的情况。你看他还真能说，一直讲同学们刚贴上去的大板报内容丰富，富有革命精神，后来他就去看板报，环境卫生不检查啦！”

十二周的入伍训练如期结束，接下来是专科训练，我抽签编入兵工学校受训三个月。太幸运了，兵工学校位于台北市区内，周末放假（只有白天几个小时）可以回家探望一下，再约朋友逛西门町。

专科训练的生活不紧张，比竹子坑的日子舒服太多，每天上下课，教官讲的是兵工领域的基本知识，如：粮食补给制度、车辆武器零件的库存管理、枪炮维修，等等。学员们通常在听课时，便不由自主地昏昏欲睡起来。教官们见到大家的学习兴趣不高，就力求讲得活泼。某教官讲解军中“口粮”的分配，他说：

“每个人的食量不一样，硬性定量分配口粮不合理。譬如说张英武（当时台湾的七尺巨人）的口粮，给童星张小燕吃了，又会怎么样呢?”

座中有位学员大声回答：“那张小燕的肚子就会大起来的。”

另一位教官上课时匆匆交代了点教材，然后就大谈其在美国受训的经历，重点是看脱衣舞，兴致勃勃绘声绘影地描述每一段过程，闻者有如身临其境。他说：

“看过那么多，还是巴尔的摩的脱衣舞最精彩。美国的各州法律不一样，有的州不准演员在台上全部裸体，脱衣舞女郎脱到最后，衣服都没得了，就剩下腰上挂了一条布圈圈，上面有几根须须，在前面摆来摆去的……”

这位教官很受欢迎。

年轻的黄教官教学认真，但是在课堂上总要批评时政，发几段牢骚。他的同僚说这位少年得志的军官，有能力、恃才傲世，一肚子的不满。黄教官不服气，说：

“什么少年得志？第十八军撤退，经过我老家，村子里的人都锁起门来躲在屋子里。我那年十五岁，天色暗了，母亲给我几个铜板去村头杂货店买油，出门没走多远，就遇上十八军，他们把我抓到部队，剃了光头穿上军服。第二天就开拔去金门，支援古宁头战役。

“登陆金门岛，那里已是炮火连天，队长发给我一支枪、一堆子弹，大声喊口令要我们向前冲锋。我根本没有碰过枪，子弹怎么上膛也不会，跟着大家往前跑，一路上子弹不停地掉在地上。好几颗炮弹就在身边爆炸，一不小心掉进面前的大炮弹坑里，头部撞在硬石头上昏了过去，四面扬起的沙土把我埋了起来。过了很久慢慢自己醒了。战事已经结束，爬出炮弹坑，迎面来了几名士官，问我是什么番号，模模糊糊还记得，他们找到了我的单位。这就是我经历的古宁头大捷。

“为什么不能批评他们？我还是个小孩就被拉夫当兵，后来拼命学习当上这个教官，又说是提拔栽培了我！老实讲，我见到太多人，干太多狗屁倒灶见不得人的事情，你们想听吗?”

黄教官真敢讲话，我们很佩服他。

毛高文在兵工学校睡在我的上铺，我们同是台大工学院应届毕业生，他读化工系。这位仁兄是个老牌胃病患者，经常半夜闹胃疼，必须吃几块饼干。此地的伙食实在过于抱歉，头顶上有人嗑嗑作响地啃饼干，香味四散，我哪里睡得着，就跟他要两块来果腹。老毛的饼干是上等货，沾他的光也吃到美国cookies。

在兵工学校过得挺惬意，课堂学些不太费脑筋的玩意儿，无责任无压力，起居作息不紧张，大家没事闲扯淡。我教他们说北京胡同里的用语，成效不彰。北京小男孩说“登儿”，指男性生殖器，这个独特的词儿在学员中却传开了，就把姓氏后面加上“登儿”：姓毛的是毛登儿，还有牛登儿、猴（侯）登儿、羊（杨）登儿、猪（朱）登儿等，一大串数不完的“登儿”，我这个始作俑者自然被称为“登儿王”。有关“登儿”的笑话讲不完，大家公认“登儿王”是本区队的笑料中心。同学们整日胡说八道地鬼混，自有一番乐趣。

毛登儿的父亲是人事厅长，军事人员升迁要经过那个单位，所以兵工学校各级干部自然对毛登儿另眼相看。某星期日晚点名，毛登儿没回营，接连两天也不见他的踪影。区队长把我叫到他的办公室去，他说：

“你同毛高文同学是好朋友吧！你也该去医院看看他呀！”

哎哟！怎么一回事？立刻请假去中心诊所探望。

这间医院的环境与设备在当时算十分高档，但见毛登儿侧躺在病床上，脸上没什么病容，他告诉我，上个星期天下午，开着汽车与女朋友外出，为了躲摩托车，不小心开到路旁的大水沟去了，撞得不轻，可能有脑震荡，现在住院观察，女朋友没事。但见他女朋友在床边慢慢剥一只橘子，一瓣一瓣地喂毛登儿吃，看得我羡慕嫉妒到不行。聊了好一会儿，起身告辞，临走时说：

“你毛登儿在这里过的小日子比我们幸福愉快多了，好好地养病吧！我还会用探病名义向区队长请假，如果没来医院就是在西门町看首轮电影。要是区队长来探望你的时候问起了我，咱们的口供必须对上，就说我刚刚走。”

兵工学校的好日子不长，结业前抽签分发，我抽到了陆军三十四师兵工连，驻地在台中后里乡。三十四师的装备新，是少数的轻装师，与三十三师同为战斗力最强的部队。我的官阶是少尉副排长，管理师部兵工仓库的一些杂务。在师部遇见同届台大外文系的何永昌，现任师长的英文翻译官，每日跟着师长坐吉普车跑来跑去地挺神气，老何偷偷告诉我：

“三十四师随时待命驻防金门，你要做好心理准备。”

啊！不妙。金门是前线，“八二三炮战”刚刚过去，那地方每逢单日炮弹就在头顶上飞，危险得很。急忙写信给毛登儿，请他通过关系帮我调单位，毛登儿回信说试试看。这哥们儿既够意思又有办法，几个星期后三十四师兵工连连长接到命令：“王正方少尉调第一军团9404兵工补给连。”

后记

二十多年后我自美国回台湾，与一家公司合作拍电影，遇上不少困难。有高人指点：这家公司是党营产业，如果认识国民党内的重要人物，请他讲几句话肯定能解决问题。离开台湾多年，我哪里知道谁是谁呢？那位高人说，你的好友毛高文，是现任台湾教育主管部门领导。

约好去办公室见毛登儿。多年不见的老友出现在眼前，他还是那副模样，可是人家现在是领导了，一时不知道该怎么称呼这个登儿。他一脸笑容，伸出手来说：

“这个‘登儿王’又来了吗?”

“为了尊重台湾的教育，在这个地方暂时就不叫你‘毛登儿’吧!”我说。

正经谈话进行了十分钟，接下来全在扯昔年兵工学校受训的那些破事儿，愈讲愈开心。我们忽而拍桌子大叫，忽而纵声狂笑，边说边表演，我还跌倒在地毯上，隔壁的机要秘书，紧张地跑过来探看多次。最后得出共同的结论：“那时候太好玩了，长大了不好玩。”

赵继发和老乌龟

第一军团9404兵工补给连的营地，就在景美的一条小河旁，搭公共汽车去台北市约三十五分钟。每逢周末我就回台北玩耍，有时候玩得太晚，索性就来个“夜不归营”，回家里住一晚，星期一起个大早去景美营地。理由是：陪伴年事已长的母亲、长期卧病的老父。后来指导员不高兴了，他说：

“军人外宿必须要事先办好登记，这是俺们的规矩。王副排长你要注意一下，连上的军纪不能教你给带坏喽！”

像我们这样的预备军官下部队有如票友唱戏，中规中矩的不多。继续我行我素了一阵子，直到上级出公函：“该连应加强外宿管制。”是冲着我来的？收敛些吧！以后多数时间就乖乖地在营区里待着。安心过部队生活。

这个兵工补给连全连兄弟的生活重心有二：赵继发的面摊子和老乌龟的老婆。赵继发原来是连上的伙夫，因为身体不好批准退伍。他前半辈子都在当兵，退下来孤身在台湾，要他去干什么呢？有人出点子，弟兄们凑点钱，帮着他在营区大门口设了个面摊。老连长关照赵继发：你要用心学厨艺，别像从前在大伙房里那么混。老赵过去是个二把手火头军，笨手笨脚地切菜切葱刷锅子，自从有了这个机会，他精心研发了馄饨面、牛肉面、酸菜面等，还配上卤猪耳朵、茶叶蛋、咸花生什么的，味道都算过得去。营区的地段偏远，晚上肚子饿了想吃点东西，赵继发的面成了营地独此一味的消夜食品。

连上的日常伙食相当抱歉，再加上主管生活的副连长是北方人，他喜欢吃面食，平均每隔三天就逼着大家吃一顿面疙瘩。简单说来就是煮一大桶的面坨子，里面放了些菜，再倒进几罐美军猪肉罐头，喝下去五六碗，不到两个小时肚子又饿了。每次大家见到这一顿又要吃面疙瘩汤了，晚一点必定得去大营门口吃面，便无奈地传出一片感叹：“赵继发今天晚上又要发财啰！”

连上的老士官长多数是四川人，他们痛恨面疙瘩。河南籍行政官王德振认为那东西又有营养又好吃，有人吃不饱是“捞”得不得要领，可是这个秘诀他不传。我仔细观察王行政官怎么捞面疙瘩，他不急不缓以一只大勺子，在盛面疙瘩的桶子里旋转，制造顺时针方向漩涡，然后以逆时针方向去捞桶中食物，每次都能捞上来大量的肉块、青菜和面疙瘩。我学着他的方式去捞，但是成果远及不上他。其他人就在桶中乱搅，捞不上好料，活该喝汤。

王行政官喜欢炫耀，不时从自己的铝碗中夹出一块美军罐头肉块来，以河南腔说："真倒霉呀！真倒霉。"

然后一口吞下了肉，笑意盎然地环视那些正在稀里呼噜喝汤的人。

赵继发是四川人，大约还不到四十岁，看起来比较苍老，我去连上报到时他的面摊子已经开了一年多。据说生意不错，把连上弟兄们凑给他的开办费一律还清。又传出来赵继发因为生意忙需要帮手，他托人相亲，就快结婚了。大家评论纷纷，说：

"赵继发那样的也讨老婆，格老子的他凭哪一点？"

"讲什么生意忙要找帮手，他龟儿子就是想打炮！"

不久赵继发的面摊子多了一位中年妇女，在那里忙上忙下的，手脚很利落。士官长们看在眼里十分羡慕，嫉妒之情更是难免。常听到的对白如：

“赵继发，生意好吗?”

“忙噢！每天累到躺下去就起不来。”

“你那个东西起不来，我这里天天下不去，不如我晚上去你家，给你的女人服务好不好?”

“我日你先人板板!”赵继发回答。

连上的士官长们来自五湖四海，南腔北调的对话荤素不拘，无所顾忌，生动而传神。河南籍的孙连成与四川人陶深泉，经常各操乡音不停地斗嘴，他们的对白有：

“喂!”陶士官问，“你看我做的这份报表怎么样?”

老孙随便看了一眼说：“还可以，除了坏的都是好的。”

“讲的都是啥子话嘛！你这个人就是没得程度，出身太低。”

“俺出身低？你这个驴进的野杂种，又是打哪里来的呀?”

“听听看，一开口就是这种话，你这个人没得教养，粗!”

“粗？你妹妹还没嫌俺粗，你就嫌俺粗?”

“是噢！你妹妹同我在一道，那才叫好玩哩!”

陶深泉仰首而笑，做沉醉状。

不但赵继发结婚了，连上的老士官长，绰号老乌龟的也成了亲。老乌龟迷恋军中乐园[1]的一位老姑娘，执意要娶她，上面不批准，他就索性退伍成婚。这件事从连长到每个弟兄都不以为然，他怎么可以对军中乐园的女人认真呢？老乌龟不听任何人的劝告，办好退伍手续，便准备与心上人一同打拼，共度新生活。但是老乌龟并无一技之长，只能靠捡垃圾为生。我们的老连长心肠好，把补给连的废铁、拆下来的木箱、硬纸盒子等送给老乌龟，他的生意就这样逐渐做起来了。两口子在营区后面那条小河岸上，用补给连的废木材建了两间小屋子。

于是每日傍晚饭后，连上弟兄聚众在营区边，观看老乌龟夫妇炒菜做饭，成了一个重点节目：老乌龟夫妻出出进进地忙着，然后共进晚餐。老乌龟的妻子有四十多岁，一脸风尘，嗓音沙哑，身材近乎臃肿，胸部大得有点离谱，可能这就是吸引众士官观看的主要原因。陶深泉最投入，忘情呆呆地观看着，有时口水都流出来了。晚点名的哨子响起，老乌龟夫妇餐毕收拾碗筷，大家才懒洋洋地拖着步子往回走，参加晚点名。陶深泉士官一路走

① 军中乐园：早期台湾军中设立的军营妓院。

一路将两只手打开，放在胸前比着说：“两只奶子那么大！”

老乌龟的本名我记不得了，可能也不曾问过。因为他的绰号太传神：大个子蓄平头，没有脖子、背部厚重、走路时四肢划动，你说那像什么？这人很酷，对于昔日同僚的乖张举止都装作没看见，照常过他的日子。有人对着他们叫喊几句猥亵不堪的话，他也不回嘴，就使出大力气，往河里丢垃圾，然后朝着围观的人怒目而视。

多年后回想起来，觉得老乌龟真是一位勇者。他爱上一位年华已去的风尘女子，决定同她结婚，身无分文也无一技之长，却有这个胆子离开部队闯天下。他的旧日同袍都没有这份勇气，只能留在营里吃大锅饭，喝疙瘩汤，却隔着围墙又忌妒又羡慕地看着老乌龟两口子过日子。那种生活琐事有什么好看的呢？

后记

在美国读书的第一个圣诞节，过得颇为凄凉。就读的学校位于美国中西部密苏里州西南角，圣诞前一周，众学生纷纷回家过节，小镇顿时如同一座死城，路上少行人，汽车也见不到几辆。

我留在校园等候下学期开学，原本想去纽约市探望亲戚，但是算一算所需费用，预算紧绷，几个钱留着做下学期的生活费，千万不可轻举妄动。

天寒地冻，每日必须出门在校园内外走动走动。圣诞夜，我在路上闲逛，路过一栋街边的小房子，饭厅的落地窗户就面对着街道，注意到今晚它看起来不一样了。我驻足旁观，这儿里里外外改换了陈设，圣诞歌曲传送窗外，圣诞树的亮光闪烁不已；室内处处摆上鲜花，点上蜡烛，橙黄色的光线衬出一片柔和温暖，餐桌上铺着带喜庆颜色的新桌布，烛影摇红，银制餐具灿烂耀目。一家三口，父母头发灰白，陪着他们的是一位成熟丰满的少女，正乐呵呵地共进丰盛的圣诞晚餐。我站在窗外痴痴地看着他们说笑、举杯。

望着这一家人，心中泛着暖暖的温馨。我想每个人就应该过这样的日子，有个温暖的家，小小的一间饭厅，每天傍晚回家来，和家人一道吃饭，就谈点今天发生的事，自然地表达彼此的关怀、信赖，看似点点滴滴平平淡淡，累积起来就是浓浓化不开的爱。

一阵冷风如锥子般钻进我外衣空隙，我打了个哆嗦，站在这儿至少有二十多分钟了吧！拖着疲乏的脚步往宿舍走去，回到那个空寂冰冷的窝，圣诞节就这么过去了。

那天晚上我想起来9404兵工补给连的士官长们，每日黄昏时分聚众观看老乌龟夫妇做饭吃饭，今天晚上我也干了同样的事。深知连上的士官长们都一直向往着有个家，无论这个家多么简陋，每天回到那里有顿热乎乎的饭吃，在饭桌上同家人说几句话。这是一个合情合理近乎卑微的要求，对他们而言却是万般困难，甚至遥不可及。最终他们多数都没有成家，赤条条来去无牵挂，老乌龟和赵继发是少数例外。

在美国度过的第一个圣诞节，至今难忘，人生有一次这种经验就够了。补给连上的弟兄们，终其一生每晚都过着那样的圣诞夜。

陶深泉与孙连成

9404兵工补给连即将调往金门的消息，传了好一阵子了。老士官们不以为意，反正去哪里也就这么过。士官长孙连成告诉我，我们的陈连长一直在暗中活动，他不想去金门。岂止是连长不想去，我托了关系从三十四师调到这里，也是不愿意上前线。如今可好，转了一个圈子还是得去金门，真是天网恢恢！这叫中了“金马奖”。

去金门或马祖服役，那两个地方是前线，生活条件差，整个服役期间回不了台湾。根本没有定期船班，得托关系搭回程的载货登陆艇，从金门到高雄单程要二十小时，再搭火车回家又得半天多，前线部队不可能准那么长的假。

更恐怖的是很可能发生“兵变”。去金门马祖当兵一年多，女朋友长久见不到面，通常会发生变化，往往是退伍回来，亲爱的人可能已经另投他人怀抱。

某次晚点名，陈连长语气沉重地对大家说：“军团总部召集我去受训，明天报到，所以这次要向弟兄们告假，我不能同你们去金门了。”

其实早已知道陈连长要开溜，现在他做了正式宣布。大家没什么意见，因为陈连长人忒好，热心帮助过不少连上的老弟兄，何况他有三个女儿，老大刚上小学一年级，一家人需要做爸爸的就近照顾。谁是取而代之的新连长呢？指导员要大家安心地整装待发，新连长在出发之前一定会到。

来自河南郑州的指导员，现在是连上级别最高的军官。晚餐前执行官向他敬礼，然后叫大家开动。一连人在营房外空地上围成十几个小圈子，坐在小板凳上用餐。我与指导员和四位排长副排长等人一桌，我说：

“指导员，现在我们连上就数你的官最大啦！”

指导员笑呵呵地回答：“唉！差不多，现在就是我啦！”

士官长孙连成坐在旁边的那一圈，听见我们的对话，他以浓重的河南口音说：“他当然最大，比俺下边的那个还大哩！”

“你要是不会说话就别说话，人家也不会把你的嘴当成个 × 呀!”指导员用标准的河南话回答老孙。

快要出发的前几天，孙连成一连三次在“外出签字簿”子上留有“今夜外宿”的记录。他的好友陶深泉发现了，就不断地当众消遣老孙:“真丢人真丢人，你外宿去了哪里呀？还不是到军中乐园去睡觉，你睡的是哪一个我们都晓得，有啥子好睡的吗？金门也有军中乐园耶!”

两个人又展开了无休止的互戗互骂。

行前回到家里向父母辞别。老母很担心，一再说：

“去金门要好小心好小心，千万注意打过来的炮弹哪!”

“妈，不碍事的，他们说现在那边打过来的都是宣传弹，没有什么杀伤力。”

“唉！怎么别人都不用去前线，偏偏就是你去。”

中风后已不太能说话的父亲，坐在藤椅上，偶尔心不在焉地举起双手来又放下去，敷衍妈妈催他做复健运动的碎碎念叨。我去前线的事没告诉他，怕老人家听了血压会突然上升。我说：

“爸，部队外调，我要跟着他们去，不能经常回家了，您可得好好地运动、按时吃药、量血压。”

“小方啊！我血压……高，”爸爸挣扎着与我对话，“吃药……好了，刚才我……撒尿……一大泡！”

“那挺好，您歇着吧！”强忍住泪水，我转头冲出家门。

在高雄码头等候搭登陆艇去金门，有个身材不高、体形粗壮、眉发浓厚、声音尖锐的中级军官，走过来冲着我们连上的人大呼小叫，然后见到指导员快步跟上，向大家介绍：这是9404兵工补给连的新任连长高俊杰。大家列队立正敬礼，高连长第一次训话就批评我们：“在码头上等船，懒懒散散的简直没个军人的样子，难道你们是一群死老百姓吗？”

补给连驻扎地在太武山的后面，距离那座老天主堂不远，对方炮弹基本上打不到，是个最好的掩蔽地段。临时建起的铝皮营房，夏天待在里面片刻，就有如烤箱中的肉。台风来了会淹水。冬季温度极低，海岛的冷风钻进铝皮缝来，晚上严严实实地盖上被子毯子还会冷。没有自来水就在山边挖井，所有的用水都来自那口井。夏天傍晚，大家就在井边舀上一桶桶的水来洗澡。

某次我也挤在众人中间冲澡，大概是距离井太近了，陶深泉说：

“王副排长，你不要把洗过的水又弄到井里去，等下子火头军打起那个水来做饭，我们都要吃你洗过的水啰！”

“有什么关系呢？人家又没去军中乐园打过炮！”孙连成接着说。

“那也讲不定哟！”陶士官长朝着我挤眼睛。

高连长严格要求早晚点名，他说过很多遍：

“早晚点名是我们军人的纪律，大家在这里呼口号，唱军歌，都是最重要的事。你有什么特别的，怎么可以不参加？除非你头上长出花儿来，那就特别啦！凡是脑袋上开不出花儿的，下次都要给我准时到！解散。”

高连长北方式的幽默不太受欢迎，老士官们听不进去。他们说：

“格老子这个姓高的他打过仗没有嘛！”

“就会搞这些把戏：喊口号、唱几条歌子、出操、检阅、踢正步，完全没得个用。我们在‘匪军’的时候，他们天天练行军，一天急行军一百多里路。”

论起上战场的经验来，连上的这些士官没人比得过，他们有的经历过多次国共大战役：四平街战役、天津保卫战、徐蚌会战等。战败被俘，收编为共军，不久派往朝鲜前线，与最现代化的美国军队厮杀，又成为美军的俘虏。

高连长有副官架子，平日趾高气扬的样子，专说惹人生气的话。我亲眼见到孙连成因为胃病严重，需要休息，向连长告假，希望这几天不参加早晚点名了。高连长问：

“你不参加早晚点名，为什么？”

“我有病。”

“有病？什么病，是不是梅毒呀？”

老孙当场气到说不出话来。另一次的装备检查，高连长先抽查每个人的衣装配备，发现陶深泉的长袖制服上衣少了一件，他问：

“制服为什么少一件，你拿它去当寿衣了吗？”

“像我们这种人，活不到四十岁的，死了也不需要穿寿衣！”

陶深泉没好气地回敬了一句。

日子一久，连上能征惯战的老士官们，对高连长的意见愈来愈大。

陶深泉对孙连成说：

“这个姓高的有啥子资历？他凭哪一点来这里耀武扬威，要不是我们的陈连长请调，这个人根本当不上连长的。格老子你看他走路的时候，两只手同锤子[①]一样地甩来甩去，我看到就有气。”

“是个人走路就要甩手的呀！”孙连成说，“你这是看着我们北方人不顺眼，纯粹的地域观念。”

这当然不是实话，陶、孙两个人是多年的好哥们儿，在任何事上他们俩都一个鼻孔出气。

连上最会修汽车的就是孙连成，他无师自通，各式各样的大小军车出了毛病，找老孙过来看看，一上手两下子找到毛病，修修弄弄，那辆车子就噗噗腾腾地开了出去。练了一身的好本事，只能在部队里吃一份口粮，多少年来苦哈哈的，到头来仍旧是两手空空。听到他们私下讨论，老孙如果退伍，在任何地方开个小

① 四川话的“锤子”，指男性生殖器。

修车行，不用两年，老婆孩子房子什么都有了。想得挺美，上面会让孙连成退伍吗？

孙连成有胃病，或许可以当作他提前退伍的理由。陶深泉叫我去找我的医官朋友，给孙连成开一份证明书，说他的胃病严重，应及早退伍治病。

小简，医学院毕业与我同期受训，也在金门服役，官拜少尉军医。

我曾经带着连上患有性病的老士官去找小简，小简的诊室设备简单，就在太武山的坑道里，是金门最安全的地方。简医师问士官长哪里不舒服，多数是嗫嗫嚅嚅的不肯直说：

“就是那个地方长了个东西。”

“脱下裤子来让我检查一下。”

“医官你都清楚的，看不看也就是那个样子。”

小简说：“你同我马马虎虎，我也同你马马虎虎吧！”

随手开了些药，大概是猛药，不料几次用药后，就豁然痊愈了，大家认为小简是个神医。

小简也治过孙连成的胃病，长年宿疾不是一两次就能治好的。请他开个证明，好办，怎么个写法？小简就按照陶士官长的建议，写了“军中生活严格紧张，患此病症者在军中恢复健康极为不易，建议退伍做长期休养……”之类的话。

老孙的退伍申请书加上医官证明送到指导员那里，没隔多久连长和指导员下了通知召开干部会议，连上凡是职称上带了个“长”字的都要参加。这根本是个批斗大会，高连长说明了本次会议要讨论的项目，主要是讨论孙连成申请退伍的事。高某居然没开口骂人，先请指导员说话，他说：

“目前正在用人之际，你有了点技术就在那里动歪脑筋开小差，学会了修理汽车是谁栽培你的？这种想法等于是不忠不义……”

老孙坐在一旁，低下头听训。会上给我印象最深的是行政官王德振，就是那位在大桶子里最会捞面疙瘩和肥肉的专家，河南老乡，他涨红了脸举手要发言。连长点头让行政官发言，德振老兄就大声地用河南乡音说：

“报告连长的这个时间，这个孙连成的时间，在我们连上的时间，有很多年的时间，他的表现的时间，一向的时间，很值得表扬的时间。他犯胃病的时间，是很严重的时间，他申请退伍的时间，我们弟兄的时间，都以为的时间，应当批准的时间……”

平时闲扯淡，王行政官的口才非常顺溜，可是一到了正式发言，他就不停地把“的时间”夹在每一句话中间。老乡帮老乡，可是没帮上忙。孙连成继续在连上修汽车，胃痛严重的时候，他皱着眉头，蹲在一个角落里低声呼痛：“哎哟喂，哎哟喂，好疼哟!”

数馒头的日子

9404兵工补给连设有几间仓库，调配供应汽车与战车的零件是主要业务。连长觉得我没什么经验，而且多数预备军官，在服役期间都怀着一种过客心态，不堪重用，就派我负责“转拨站”：需要紧急处理的货品，接到之后马上转送到指定的地点，孙连成他们叫我“转拨站站长”。转拨站的业务不忙，我有不少时间做自己的事：读英文小说，写文章投稿，给女朋友写信，平均一封信有二十几页。

高连长觉得自己的英语能力有待增强，因为每次遇到美军顾问来视察，他像个傻子似的等翻译官说话，要是他能直接同美国顾问交谈该多好！要我教他英语对话。这个容易，连长的英文程度低，他也没有时间下功夫学，上了几堂课此事便无疾而终了。

每天早晚点名、唱军歌、呼口号，平时就等着吃三顿饭。早餐每人分到一个馒头，多吃一个馒头服役的日子就少一天，吃完了馒头我就在床头的铝皮上画“正”字的一笔，数馒头的日子过得特别慢。

某日天气闷热，午休时分我和几名年轻的充员兵[①]偷偷轮流学开卡车，每个人的技术都欠佳，一不小心车轮子陷入黄土路的外缘，进退两难，只好请老驾驶兵来帮忙倒车。这老驾驶兵其实是个“官儿”，同我一样的官儿：陆军少尉副排长杨威。杨副排长的驾驶经历很显赫，在大陆的时候做过某司令官的司机，技术高超，什么汽车都会开。他开汽车的样子最帅气，单手轻飘飘地握着驾驶盘运作自如，还叼着根烟卷同你有说有笑的。

我把正在睡午觉的杨威叫起来，请他快点帮个忙，要是高连长回来见到我们又偷开卡车，那就等着挨骂吧！一阵忙乱，我们弄来一条长木板斜垫在车轮下，老杨慢慢把卡车退回到路上来。

---

① 充员兵：台湾长期实施征兵制，适龄健康男子都必须要服兵役，称之为补充兵员。

初次同几名充员兵来9404连的景美驻地报到时，天气太热，脱了军服上衣，方向不明，就在那里左顾右盼的，突然过来一个满脸胡子楂、身材魁梧的北方大汉，没头没脑地就对着我们几个破口大骂。听了一会儿，才知道那人在骂我们这些死老百姓充员兵不懂规矩，见到军官不行礼。他愈说愈气，用食指在肩带上比了一比，说：

“见到了这个没有，它是什么？这是军阶，是从战场上拼了老命挣到的，你们就敢不尊重？”

他的制服肩带上，并没有戴着代表军阶的小黄铜杠杠，久经日晒，肩带上只有一条黄铜杠子留下的颜色较深的印子而已，一条黄铜杠代表他是个少尉。少尉是最低阶的军官，我心里想：你不过跟我一样只是个少尉，怎么这么神气活现的，讲话如此霸道？想着自己初来乍到，还是低调一点好，立刻立正敬礼，大家就在那里听他训话十分钟。

当天晚上晚点名时，连长介绍新报到的王副排长，然后叫我接任本周的执行官。我来了个标准敬礼，向后转的动作干净利落，口令喊得短促有力，呼口号、领唱，嗓音嘹亮。

次晨用完早餐，那个骂人的北方大汉走了过来，一脸和善，咧着大嘴过来同我打招呼，他说："王排副，我也在这里干个排副。"

不骂不相识，他自我介绍：姓杨名威，字象震，现年三十三岁，甘肃天水人，口音挺奇怪，但是还听得懂。我们有共同嗜好：爱下象棋。在大学曾参加过象棋社，比赛中还得过名次，我自觉棋艺不错。杨威的棋下得既狠又毒，开始几盘我大败亏输，后来全神贯注地对付，才勉强赢了几次。

杨威对自己的名字甚为不满意，因为"威"字与"萎"的发音太过相近。祖父取的名字，怎好更改，他在老家找算命先生替他起了个字：象震，有"威震四象"的意思，读起来铿锵响亮，然而连上的弟兄们还是叫他"阳痿"，我一直叫他象震兄。

象震小时候在老家念过几年书，因为家里太穷才去当兵，挣一份口粮，补上了西北军的文书士，就是连长的秘书，因为那个连长不认识几个字儿。后来又在部队里学会驾驶汽车，历经多次战役，积累了不少战功，真的是从枪林弹雨中杀出来的，比那些趾高气扬的年轻军官扎实有用得多了。只因为没上过陆军官校，从士官升迁为正式军官非常困难。上面先核准他当准尉，准尉是最低的军官，后来这个军阶又被取消了，好多年后通过考试才当上少尉。

闲聊时象震兄不时地谈起他的“敢序”老家，他说“甘肃”二字听来像“敢序”。天水在哪里，又是怎么个情况？象震说他老家非常穷，又干又冷的，老百姓的生活比台湾困难多了。我想起来了，《三国演义》里有位甘肃天水的姜维，字伯约，被诸葛亮打败，姜伯约投降蜀汉，很受器重，孔明传授他兵法，姜维曾率兵九伐中原，是蜀汉末期的名将。我问他：

“你是姜维的后人吗？”

“哪有那么好的福报，再说后来姜伯约的下场挺惨的，打了败仗说服钟会造反，事败自杀身死。老家附近有一座姜维庙。”

两个年龄、出身背景、个性迥异的副排长成了好朋友，经常一块散步、下棋、抽烟、拉屎、聊天。老士官们见到我们这两个芝麻官儿无事老在各处闲荡，就喊着：“排副排副，吃饭散步！”

早年的部队有“营副”“连副”“排副”等官衔，一律是长官安插他们小舅子的闲缺，排副当然是个最没地位的小角色，现在制度化了，一律改称为副排长、副连长等。

金门服役的生活单调枯燥，大家每周盼着星期天，上午连上派卡车送大家去县城，下午接回来。当时的金门县城只有两条街，多是杂货店铺。象震每个星期天必定邀我去县城，主要是去看某杂货店的一位女店员。她是位标致的南国佳丽，大眼睛、身材丰满，为她倾倒的阿兵哥不知有多少。这小姐仗着点姿色就跩得厉害，对三四十岁的阿兵哥根本不假颜色，二十出头的帅哥预备军官，她若心情好的时候或许会挤出一点笑容来。象震就鼓动我上前搭讪，他在一旁看着也开心。我接受了这个任务，不过就是上前买肥皂牙膏什么的，闲扯几句询问总共多少钱。小姐脑筋快还会心算，几秒钟就说出钱数来。象震在一旁低声赞叹：

“你看她那小账儿算得还挺清楚。”

买完了东西大家还耗在店里不走，小姐无聊地哼起流行曲子来：

“蓝红（南风）吹来暖洋洋……”

象震又禁不住地低声说：

“你听听，她的小歌儿唱得多好听！”

我鼓励象震上前同那个小姐讲话，他一直不敢。我们还是逢星期天就去杂货店报到，我与她闲扯几句，象震继续作壁上观。

另一个节目是去县城某国民小学看电影，如果放的是外语片，象震一定要我陪着看。那个年月台湾放映的西片，片子上带有中文字幕的不多，我的英文程度大致上还看得懂，跟得上剧情发展，就负责不停地为他讲解。小学礼堂挤满了人，去晚了就得在后排站在板凳上看。象震叼着根烟卷，通常是极投入的，被剧情吸引，口水从嘴边慢慢流下来，他擦着嘴角说：

“还真紧张!”

喝高粱酒是星期天必须做的事。通常我们买几包花生米、豆干、蚕豆，一瓶高度的金门高粱，找个阴凉的地方坐下，三五人轮流对着酒瓶喝，一下子就干掉一瓶。面红耳赤地批评骂街，连上的指导员总是头一个被骂，那人实在太讨厌了。

这个人最可恶之处是偷看别人的私信，还说他在执行任务。金门属于前线，安全管制特别严格。来往信件都由指导员负责检查，他先拆开来看过，然后才发到收信人手中。老士官们没什么信，像我们这种派来服役的年轻官兵信函最多。刚刚到金门的时候，我几乎每天写信给女友阿珠，有时候还不止一封，阿珠则懒于回信，一个星期如果能接到一封她的来信，不论这信之长短，都能让我开心个五六天的。然而阿珠的每一封信都被打开过，估计我发出的信也被那个家伙一一过目。我与阿珠在信中无所不谈，包括许多肌肤之亲的描述等，指导员都先睹为快了，这算个什么玩意儿嘛！

三个月之后，阿珠的信愈来愈少，两人之间的关系开始有了某种变化，我的心情异常低落，但也是无可奈何。知道别人的隐私也就罢了，指导员还喜欢当着许多人，面孔挂着嘲讽式的微笑，话中自有玄机地对我说：

“王副排长，我看你那个女朋友现在对你也不怎么样了呀！”

然后指导员呵呵连声干笑，我能说什么？

憋了一肚子的气，心中甭提多窝囊啦！只有星期天在金门县城喝高粱酒的时刻，才能当着象震和其他连上的弟兄痛骂指导员，每次总能获得大家强烈的反响与支持。

排副排副吃饭散步

某次我登上太武山顶，遥望对岸有上千艘机帆船只，黑漆漆密密麻麻地集结在各大小港湾。我下山后急忙向指导员报告，是不是对方要大举进攻了？他叮嘱我千万不要同任何人提这件事。当晚先召开小组会，听指导员讲话：

“……对岸正在聚集，他们本来就是诡计多端的嘛！千万不要被吓到，金门的防卫固若金汤，来一个就歼灭他一个……”

之后指导员告知全连弟兄，目前要特别提高警戒。过了几天，无状况发生，照旧数馒头算日子，苦苦等候退役那一天到来。

那是“双日停火”的时代，对岸每逢单日就朝着金门发射宣传炮弹。多数从围头那边打过来，先听见远处一个低音闷炸声，不多久就有炮弹划空的呼啸，愈来愈尖锐，然后炮弹在空中炸开，是一种清脆的爆裂巨响，然后大量的宣传纸片纷纷飘下。按照部队的规定，一听见炮响，弟兄们就应该赶快躲进附近的防空洞去。

象震是战场上的老江湖了，竖起耳朵来倾听炮弹划空的呼啸声，就能够闻音辨位，大约知道炮弹落在哪个方向，距离我们有多远。

有一次空爆宣传弹的声音特别响，好像就在头顶上炸开来。象震向我使了个眼色，说："走，我们去找传单。"

两人朝着天主堂那边跑，果然在教堂附近有不少宣传纸片飘散着。我捡了几张宣传单子，上面印的都是繁体字呢！沿着原路回去，炮弹爆炸声还在此起彼落地响着。就看见指导员叉着腰在路口张望，他瞪起眼睛朝着我俩大吼：

"你们这是出来看烟火的呀！要是教炮弹片子炸坏了脑袋，往后吃饭就不香了吧！也好，队上本来也不缺你们这两个废物蛋子。"

"宣传弹炸不死人的。"象震回了一句。这可惹火了指导员，他叫嚣着：

“你比我还懂？要是中间夹着一枚实弹打过来，怎么样，你们是要我来收尸？”

指导员站着骂了二十多分钟，讲话不用喘气的。

我下意识地摸了摸口袋，发出纸张摩擦的声音。指导员以狐疑的眼光对我上上下下地瞄着，他说：“口袋里藏了什么东西？”

我立即掏出那张传单来，象震的反应快速机警，马上说：

“王排副正要上缴。”

指导员提高了嗓门，声音尖锐：“你知道私藏宣传品可以定什么罪吗？这里是前线，我有这个权柄，就给你们来个先斩后奏……”

可把我吓到了，这种事情闹大了可了不得，在前线随便枪毙个人真不算一回事，恐怕也没人知道。象震拼命地替我开脱讲情：

“指导员，你看他是个充员官儿，报到也没多久，哪里懂这些呢？说起来这事都该怨我，是我带他出来看看宣传弹长点见识的。”

“你真能干！你是个老兵油子，平时吊儿郎当的，吃了这么多年的粮，没见到你做出什么贡献，还教你混上了个少尉，就会把新来的充员官儿也带成个兵油子！”

指导员一把抓过宣传单去，看也没看就放在裤袋里，又讲了一大篇八股。听见营地里的号角响，晚餐时间到了，他看看手表转身就走，谁也不愿意耽误吃饭。

事隔几个月，这件事并没有追究下去，象震认为我已经安全脱险。自此我对我们指导员又恨又怕，战战兢兢避之唯恐不及。这么一个极端险恶的人，象震还觉得他除了嘴巴刻薄不饶人之外，其实就算不错的了，象震说：

“指导员没有治你的罪，他不追究了呀！”

“你这纯粹就是乡愿！做滥好人最要不得，得过且过的，会造成整个社会没有进步。”

象震认为我年轻气盛，根本不懂得什么人世间待人处世的大道理，现在的部队比以前讲理多了。象震讲起他当年在西北军的事：

“西北地方部队的那些人才叫野蛮哩！连长的权柄就不小，可以随便枪毙人。在前线随便一个小官也可以枪毙人。”

“你枪毙过人？”

“我当然没有，但是我见到的事情多了。当年我们连上的逃兵被逮回来，二话不说拉出去就把他给崩了。西北军的弟兄多数都是同乡，同乡归同乡，犯了军纪可是一点情面也不讲的。有次连上会计的账不清楚，大概是连长吃空缺的钱算少了。”

“什么意思？”

“当上个什么长的都得吃空缺呀！往上报连上有多少人就能领下多少粮饷，会计要给连长虚报人数，多领好多钱下来。连长查出来账不对，怀疑是那个会计闹的鬼，把他关了三天禁闭，又叫卫兵用麻绳反绑起两只手，吊在房梁上两脚悬空用马鞭子抽，抽一鞭子就骂一句脏话，然后甩门出去，叫我看住这个贼。连长刚出门我马上把会计放下来，他头上的汗像黄豆粒子那么大地淌着，再吊下去两只胳臂就会废掉。”

“后来呢？”

“后来会计还是干会计，他们是小同乡，有亲戚关系，自己人，不然连长找谁替他做账？秦岭那场战役，连长、会计，连上总共有六十多人阵亡，连长的一笔账也不用再算了。”

沉默了一阵子，象震轻声对我说：“做人何必那么计较呢！”

驻地厕所的脏臭已经到了无法形容的地步，很难容忍，通常找个伴蹲在那儿抽烟闲聊，时间比较容易打发。这天象震约我一道去蹲茅坑，那是个军官用的厕所，略有设备，粪坑之间有一块矮木板隔着，紧张起来龇牙咧嘴的当儿，彼此看不见那份丑态，好歹还算有点隐私。当日伙房不知道给大家吃了什么，弄得人人的后期作业困难，蹲在那里聊了半天抽了三支烟，还没完毕，两只腿脚开始发麻。我说："象震呀！你说我们这个指导员……"

象震一阵窸窸窣窣从旁边的那个坑蹿出来，弯着腰在我面前摇手，要我别说话，一面指着不远的一个坑，他裤子都没穿上。我立即会过意来，在那边蹲着的就是指导员。事毕整理好服装走过去，看见指导员正在愁眉苦脸地蹲着奋斗，我立正行军礼，大声喊道："指导员好！"

晚点名的时候，指导员训话，要大家学好军中礼节，上厕所的时候不必乱敬礼什么的，你们连这个都不懂吗？

象震从来不光顾军中乐园，这一点很令人佩服。这里都是体内荷尔蒙分泌旺盛的青壮年雄性动物，部队的生活单调无聊，工作又特别无趣，怎么能够不想去干那事儿？像我们这种数馒头的预备军官，多半在家乡有关系不错的女朋友，寂寞了就勤写情书寄回台湾，“兵变”被人甩掉，再默默地去体验失恋中的凄凉之美，无边的痛苦总会有个尽头。可是连上的老弟兄们又该怎么处？

连上还有个甘肃老乡，姓白，绰号白嫖客，人高马大，一有机会就往军中乐园跑。他对军中乐园最为熟悉，不时地吹嘘自己床上功夫有多么厉害，某次军中乐园没收他的费用，从此得到“白嫖客”的称号。他不时带来最新消息，新来个妹妹如何如何的，就引起连上一阵骚动。白嫖客喜欢找象震聊天，两人说起甘肃官话来非常快速，后来我可以听懂七八成的甘肃话了。

象震真的有那么大的定力，洁身自好，把持得住，还是他行踪诡秘，就像我们的指导员似的，一个人偷偷去干那件事？“单嫖双赌”嘛！但是我觉得象震不是那种人。象震同我讲过很多次他“家里”的事，大陆北方人管自己的老婆叫“家里”。十五岁那年他在老家娶了媳妇，媳妇比他大五岁。

“她大你五岁，二十岁的姑娘比十五岁的愣小子懂事吧！”

“那个自然啰！头一天睡在一起还不习惯哩！一个月下来我啥也不会，啥也没干，就觉得她的气味特别好闻，搂着她睡觉不用说有多舒坦呢！她有那个特别的气味……唉！这也没法子说得清楚咧！后来俺爹就催着我们快点生个孙子，我问爹：那要咋整呢？爹先骂我蠢，然后教我如何如何，这才上了轨道。”

“你他妈的还真是你爹的好孩子哩！生了孩子没有？”我说。

“生了个胖小子，好漂亮好漂亮的胖小子。”

象震每次说起那胖小子的时候，目光就有点呆滞，声音变得喑哑，不自觉重复地说：“好漂亮好漂亮的胖小子！”

他对妻儿的怀念总是带有说不尽的歉疚，因为那时年纪太轻，受不了小孩的吵闹，常恶声咒骂老婆和孩子。象震还打过他媳妇，他说：“年纪轻，狗性子急，一吵架就乱摔东西，有一次把菜刀扔了过去，还好是刀背砸到她腿上，磕出一个像花生粒那么大的疤。媳妇长得才叫俊呢！就是脸上有几颗白麻子。”

胖小子生下来不到两年，家里过不下去了，象震补上了那个文书士，随着部队东奔西走的，头两年还写信回去，寄点钱给家里。只接到两封代书写来的家信，里面夹着媳妇的情书，以后兵荒马乱，多少年了，再也没有老家的消息。

“她会写情书给你？不是说你媳妇不识字吗？”

“她的信都是画出来的，那画里面有好多意思。有幅画我永远忘不了，她用眉笔画了一头大象，象鼻子卷着一把菜刀，砍死了一只鹅。她要说的是象杀鹅啦！她想煞我了。”

四百多个馒头终于数完，熬到了正式退伍那一天，连上安排了吉普车，象震开车送我到料罗湾等船。下午有一艘大型登陆艇缓缓开进来，我们耐心地等登陆艇下完货，一批回台湾的充员官兵，排好队伍，正要一步一步地涉水登船。象震塞给我两瓶金门高粱酒，我说：“你们留着喝嘛！”

“带着吧！听说这酒在台湾还不好买。”

登陆艇的舱门大开，它像一头巨兽的血盆大口，一阵拥挤，扛着行李拎着金门高粱酒，往那张大嘴冲过去，顷刻间海水就淹到我的胸口。听见象震在身后大声喊着：

“等回来再数馒头！”

当上了杂志编辑

台大电机系毕业，第九期预备军官服役结束，好歹也该找个工作才是道理呀！一九六〇年代初期的台湾，电子工业尚未起步，学了四年电机工程，去哪里找工作？

一半以上的同班同学，正积极准备留学美国。更有深谋远虑的，两年前就办好了过继手续，成为他美国公民舅舅的儿子，免了军训和服役，立即出外深造。有两位同学大三时拿到电信局奖学金，毕业之后当然就赴电信局报到。那时台湾清华大学、台湾交通大学正在新竹复校，开办电机研究所，好几位成绩不错的同学申请入学攻读硕士学位。我自己掂了掂分量，那份见不得人的成绩单，台湾清华电机研究所看了会作何感想？

在预训中心共患难的黄华冑，正申请留校当助教，他说：

“不必成绩优秀，平均七十五分当助教就合格，因为功课出类拔萃的同学都出国了。”

嗐！华冑哪里知道我的苦楚，我距离七十五分还有不小的距离。

华冑说新竹正在兴建一所化工厂，据说规模不小，任何工厂都需要电机工程师，你就好好写一封求职信，附上履历试试看嘛！下功夫写了封求职信，文情并茂，以双挂号寄出，结果是肉包子打狗，有去无回，杳无音信，对方完全不理。

张国本告诉我，CAT在招募空服员，又名“空中少爷”，我们一道去应征吧！CAT是“华航”公司的前身，刚买下一架喷射客机，正待迈入喷气时代。空服员可以经常飞出去开眼界见世面。在早期封闭中的台湾，“出去”是每个年轻人梦寐以求的事。国本说他们选“空中少爷”除了面相、外语能力等等之外，体格健壮也很重要。

我们为此特地去健身房练了好几次举重、拉单杠、跑步，累到腰酸背痛的。应征CAT分笔试口试，自信考得都不错，特别在英语表达能力方面，肯定比其他应试者技高一筹。两天后张国本跑来找我，说那个“空中少爷”听起来像是个好工作，但是远程航行十多个小时不能休息，每隔一段时间就得清洗飞机上的马桶，“少爷”怎么可以干这种事？国本又说，这“空中少爷”干久了，都会变成同性恋。真有这种事？他去过美国，见识广，判断应该没错，“空中少爷”之议作罢。

天主教圣母会服务中心的朱励德神父，很关切我退役后的动向，我觉得他还是想探讨我是否有“圣召”。惭愧，年方二十三岁，整日胡思乱想，与任何漂亮妹妹成其好事，该多么美呢！进修道院冲凉水禁欲，努力学着当洋和尚？骗不了自己，这样子迟早要出事。我告诉朱神父，正准备赴美国读硕士学位，他说在此之前，不妨来服务中心编《慈音》（*Vox Materna*）杂志。

它是一份软性天主教月刊，不正面宣传天主教，刊登符合教义、平易近人、具趣味性的文字，也着重介绍欧美文化，发行量有三千多份，赠阅量高。编辑月薪台币一千元。哎哟喂！当年这一千元台币真的有些分量，中级公务员的薪资约八百多元再加上米、油、煤等生活必需品的配给，陆军少尉军官月俸二百四十多元。

开始在《慈音》上班，负责校对、排版、翻译几篇英文杂志的文章。事实证明我不是个好编辑，读别人的文章缺乏耐心，要我逐字慢慢校对，简直是一种煎熬，往往就粗心大意起来，刊印出来的篇章不时出现错别字。翻译工作有时又犯了从心所欲的毛病，觉得原作者写得没啥意思，便自作主张自编自导起来，乱改别人文章。仝仁说我的英文"造意"（不是造诣）颇深，老板朱神父纠正了我数次，之后我就谨慎小心地认真干活了。

朱神父找我编杂志是因为他认为我能写两笔。《慈音》开办不久，我在杂志中开了一专栏，定期写"方方日记"：一个小男孩的生活琐事，尽是些顽皮瞎胡闹的勾当，还找了位画家制作插图，颇受读者欢迎。以下是我当年写的一段：

……哥哥最近愈来愈坏了，老是欺负人。……爸爸买回家来三只梨，他拿过来就吃掉一只，我讲他自私他就打我。哥哥比我大当然打不过他，我被压在地上不放，直到我哭了起来他才放手。妈妈说两个小孩都不好，挨打了还要挨骂。……哥哥太坏了，我不得不报复一下。……晚上睡觉的时候，他张开大嘴打呼，我拿着抽屉里的一只小老虎钳子，轻轻地在他鼻子上一钳，还没有用大力他就大声地叫起来，我一松手钳子就掉到他嘴里去。……妈妈骂了我好久，问我有没有后悔，我说有一点后悔，原来并不想把他的鼻子钳破。妈妈要我星期日望了弥撒以后去告解。……办告解的时候该怎么讲？哥哥说我犯的是天主十诫的第五诫：毋杀人，大概古时候是用钳子杀人的？我在告解亭跪下，隔着遮板向胖神父说：

“神父，我犯了天主十诫的第五诫，请神父赦我的罪。”

胖神父吓了一跳，说：“你犯了第五诫？”

“我用老虎钳子钳哥哥的鼻子，鼻子破了。”我说。

胖神父就一直笑，上次办告解我告诉他我把二姐的一本书丢进粪坑里去，他也在笑，胖神父最爱笑了。……

邻居的那个叛逆男孩，骑着那辆车座拔高一尺多的英国飞利浦单车，迎面而来，刹住车停下来问我：

“退伍回来都在干什么玩意儿？”

简单地告诉他我在编天主教杂志等等，叛逆小子面露鄙夷之色，嘴巴笑得有些歪，说：“噢！你原来在‘吃教’呀！”

然后他跃上车飞快地扬长而去。这小子说的是什么话嘛!

凭良心讲，当年我热心地上教堂望弥撒、参加唱经班、勤练拉丁文、经常在大小弥撒中辅祭，加入圣母会、避静多次（为期七日的静修，禁止谈话）、参加《圣经》讨论会，等等，相当投入。但是不可否认，最初的动机不怎么纯正：暗恋女教友露斯玛莉，勤望弥撒的目的是借机会接近伊人，但不久以失败收场。

上海籍的耶稣会神父朱励德，自巴黎来台北推动圣母会，他那时才三十多岁，平易近人干劲十足，法文流利，说一口带浓重上海口音的国语，甚有喜感。我与他特别有缘，几年下来朱神父对我有一定的信任，找我做《慈音》杂志的编辑，似乎是件自然而然的事。叛逆小子说什么“吃教”的话，令我愤怒不已，又能如何呢？那个小子是个昏天黑地的浑球儿，有理说不清，不必置那个闲气吧！然而我学的专业是电机工程，做杂志编辑终非长久之计。

申请过美国二三线大学的电机研究所，有四十多个，百分之百地败下阵来。阿肯色大学（University of Arkansas）差一点发给我入学许可，因为该校电机系有位华裔教授名张耦舫（名字很特别，到现在我还记得），他热心助人，大概很希望有个华裔学生去该电机系读书，虽然我这个学生的成绩单甚不起眼。

原本我的申请案应该是立即被退件的，张教授向系方建议，可以让这个学生重修一两门成绩不好的大学部课程，破例录取在研究所就读。耦舫教授还特别以中文与我通了好几封信，大概是见到我的英文信写得马马虎虎的不够水平。他在信中做了自我介绍：他是早期自大陆东北去美国的留学生，毕业后留在美国教书。他一步步详细教我申请入学的正确过程等。

这过程相当冗长，而且阿肯色大学回函上的词句，读来总觉得它有以上待下的优越感（condescending supremacy）。请我的外文系好友张国本来参详，他读后也有同感。国本认为我们应该硬起来，写封信顶回他去。于是我俩闭门造车，寄回一封信，详细文字已不复记忆，但记得其中有一句是：

“我警告你，若不接受我的申请，你将失去一位优秀的研究生。”这都叫什么话嘛！真不知从何说起。

不出意料，阿肯色大学电机系研究所没收我。接到张耦舫教授的来信，他曾向校方解释，申请者的回信在文字上不礼貌，是因为东西文化背景的差异所致。这件事几乎是可以促成的，如今功败垂成太可惜了，他祝我申请其他学校顺利。我写了封回信感谢张教授，很遗憾无缘做他的学生，日后如果去美国留学一定会同他联系。

数十年过去，我在美国生活四十年，忙忙乱乱也是一言难尽，却从来没有试图联络过张耦舫教授，很不够意思，“忘恩负义”当如是解？多年后回想起来，真的非常怀念张教授。但始终不明白：他为什么那么全心全力地帮助一个从未谋面的糊涂浑小子？

某日黄华胄来找我，催促我赶快申请一所密苏里州的大学，那个学校新成立了电机研究所，四方招生，得到入学许可的学生一律免学费，这等于是学费奖学金（Tuition Scholarship）。我听了还在犹豫，他重重地敲了一下我的脑袋，说：

“管他请得到请不到，动作快一点，这是个难得的大好机会，省了学费差好多呢！我已经发信过去了。”

密苏里州这间大学的全名和地址是：Missouri School of Mines and Metallurgy, Rolla Missouri，密苏里矿业及冶金学院。它是一所矿冶学校，但是人家有电机系，正在开办电机工程研究所。管他的呢！何妨申请一下看看，了不起又被人家打退票，也是件司空见惯的事。混到如今，申请美国大学研究所屡败屡战，再败一次便又怎的？我连大气都不会多喘一口，立即抓紧时间以航空挂号发去申请表格及函件。

几个星期后接到回信，密苏里矿冶大学正式接受了我的申请，务必在1962年9月中旬报到入学，攻读电机硕士学位，学费全免。

竟然有此等好事？正是：

踏破铁鞋无觅处，得来全不费功夫。

去去去，去美国

留学前的证件照

密苏里矿冶大学的入学许可信件来得快速，要赶在秋季入学已没有太多时间了。那个年代整个台湾处在故步自封的氛围之下，出去的困难重重。首先台湾教育事务主管部门设立了“留学考试”，考语文、外国语、三民主义、一门专业学科。去留学读电机工程的专业科目是“电工原理”。这一关不算难，而且我早就和同学们在退役之前去报考通过，教育部准许该生出岛留学。

其次退役男子出去的手续重重。这些当过兵的壮丁，乃经过军事训练的储备战斗力，一旦号角响起，他们却已开溜了，造成兵源短缺。但是很多当权者的儿子都急着要出去留学，于是经常出来个半公开的文件，可以依照某法令条文，抢时间办理，以迅雷不及掩耳之势，一下子那人已经抵达太平洋彼岸。然后这种特别规定又取消了。

大约在我中学毕业两年之前，当局颁布《中学毕业生特例留学条例》，大概这个条例并没有公开宣布过，知道的人不多，申请者更少，但确实有寥寥可数的中学毕业男生，依法办理，只需受三个月的入伍军事训练，结业后立即出去读书了。这几名年轻留学生中最有名的是陈诚的长公子陈履安。后来有人戏称这个法令为“陈履安条款”，据说此条款在实施不久便被废除。

我们第九期预备军官提前了好几个月退役，也是拜几位高干子弟之赐。我知道与我台大同届的一位毕业生，在美国申请到某名牌大学读研究所，该校要求他提早入学，暑期补修一两门课，若是等到如期服役完毕，就来不及上补修课了。故此有关单位网开一面，特准第九期预备军官提早数个月退役。

这个消息好像也没有对外公开，但自然逃不过聪明者的耳目，马上依规定及时办理提早退役，可是仍有不少傻乎乎的同届预备军官，老老实实按照原定时间服役到最后一天。早退役也没急着办出外进修，我就在朱神父那里编杂志。

陡然间我得到密苏里州矿冶大学的学费奖学金，事不宜迟，立即忙着办留学手续。申请留学者即使无不良记录，如：“在操场观看晚会时以弹弓击射教官后脑勺的恶劣行为……”（冤枉呀！）按部就班地送件，时间上也会拖很久。托人找关系有点帮助，但是找到管用的关系学问颇大，所托非人等于白搭。

黄华胄告诉我，最有效的办法是：托人打听你的案件办到哪里了，亲身到中兴新村去，在办公大楼内盯住自己的那份卷宗跟着走，一天就能办出来，这个做法最为有效。

获得内线消息，我的申请卷宗已经送到某业务单位了。头一天搭火车再转公交车到了台中中兴新村，天色已晚，胡乱找个地方睡一觉，次日清晨赶到那个单位。与我年纪相仿的小伙子有十来个在那里晃悠，还有一两位是认识的，都怀着同样的主意：催办手续。

我们这群人在办公室窗口晃来晃去，见到办事员的桌面上有一大摞卷宗，就在窗外探头探脑，看看卷宗信封上是谁的名字，每个人挂着一张忧愁凄苦的面孔，希望那位公务员能尽快办好自己的申请，再送往下一站。送公文的小妹出现了，推着辆车子楼上楼下地取送卷宗，我们跟着她走，就这样从早上耗到下午。好几位公务员已被我们烦死，当面呵斥：

“走开走开，你们不要都围在这里，这个样子我怎么好办公呢?”

继续赖着不走，这一招叫作：死皮赖脸苦肉计，戳在承办员面前面露无助哀愁的表情。招数颇管用，一天下来我们这群无赖之徒个个都拿到台湾省政府的许可证。

退役军人许可要在另一个单位办理，前前后后跑了好几天。多亏了表舅，他官拜陆军上校，同直接处理这项业务的好友打过招呼，于是这许可证顺利快速地批了下来。这种小事拜托高阶军事将领，恐怕不见得有效。

最紧要的是拿到留学签证，关卡也有好几重。排队拿表格，交上所有所需证件、入学许可等等，验明正身之后，静候通知，希望能尽快得到面试约会。是否能通过面试取决于几个因素：

其一，英语对话必须达到一定的程度；若发音不正、文法错误、言不及义等，都会扣分。

其二，发给入学的美国大学很关键，如果是间名牌大学或有些知名度的学校，获得签证的机会就高些；若获得有奖学金、补助金，那位与你面谈的小领事，多半会和颜悦色地说话。

其三，美国最不欢迎有移民倾向的人，想移民就去申请移民签证，若假借留学之名，到了美国不报到注册，溜去大都市非法打工挣钱，属违法行为。申请者一旦被怀疑有移民倾向，签发留学签证肯定陷入大困难。

1882年美国国会通过了“排华法案”：基本上禁止华人移民美国。1962年这条法案依然在具体的执行之中，特殊华人的移民名额每年只有一百零几人。当时申请留学美国的台湾学生，十之有九都计划先去美国读书，毕业后千方百计地留下来工作，狠狠地赚起大把美钞来，汇钱回台湾，提升家人的经济状况。他们绝大部分都做到了。可是在面试的时候，没有一个申请者会承认自己具移民倾向，美国官员如何来判断真伪?

有关方面找来一位本土职员把守这道关口，此人姓阎，绰号阎罗王，通晓中英双语，不苟言笑一脸的不耐烦，据说通常他会刷掉三分之一以上的申请者；阎王爷放行后，才能够见到洋人低阶官员。这位王爷的主要任务是：仔细研读每个人的户口簿，如果这家的子女已经有几个人在美国读书，另一个又来申请留美，阎王爷就会拐弯抹角地询问，然后判定：此家庭的移民倾向明显，当场请你回家休息。

这不正是我们家的情况吗？兄弟二人，老哥已在加州柏克莱大学攻读博士，我要去密苏里矿冶大学，将来兄弟二人学成后在美国就业，接父母过去，一家人都落户太平洋彼岸？

坐在走廊的椅子上等候面试，紧张到听见自己的心跳声，扑通扑通怪吓人的。女秘书探头出来叫我的名字，急忙一个箭步奔上，进了办公室环视一周，没见到阎罗王。上次来办登记的时候曾见过那王爷一次，他的长相属过目难忘型，粗壮、脖子短，声音尖锐、英语流利。女秘书直接领我到一间小办公室去，年轻的美国官员正在翻阅我的资料。他正在苦读户口簿。

区公所业务员写在户口簿上的中文字潦草歪斜，辨识困难，我估计纵使这位小老美学过中文，要他认出来那一堆字，也是一件挑战性甚高的事，真的难为他了。在这个节骨眼儿上，请洋买办阎王爷出马最能发挥效用。

洋官员以英语问我头一个问题：

“这个比你年长的哥哥在做什么？”

据实以告：他拿到助教奖学金，在加州柏克莱大学攻读生化博士。

“你还有其他的兄弟姊妹吗？”

“我还有几个姐姐。”

洋官员低下头在那份户口簿上满处地找，找不到。洋官员问：

“她们的年龄比你大，结婚了？”

我忙说是的，是的。于是他不再在这个是否有“移民倾向”的问题上花时间，开始问我要去哪一间学校。有密苏里矿冶大学的学费奖学金，绝对是一项优势，面试顺利结束。洋官员告诉我先去某处做身体检查，检查若合格，就可以发给留学签证。

走到馆外，我兴奋得雀跃不已，没想到如此顺利。首先得感谢那位阎罗王当天请假，其次该归功于我在现场与洋官员的对话得体。且住！得体个什么，洋官员问你的兄弟姊妹还有谁？回答的是：有几个姐姐。确有其事吗？当然确有其事，同父异母的姐姐有五位，都留在大陆，有的已婚（失联多年，我估计她们有的结婚了）。洋官员没有往下再问，人家既然不想知道，我没有必要自动提供过多的信息。估计要是换了阎罗王来面试，他肯定会打破砂锅问到底，把我家的每一笔陈年老账都给翻出来。

体格检查分两个部分。第一部分：先去指定的几间大医院照X光，证明该台湾留学生的肺部健康。每个人初次到美国时，手中必须携带一张面积甚大的肺部X光底片待查，保证不会将肺病病原菌带往新大陆；另外还要接受天花、霍乱疫苗注射，由联合国卫生组织WHO发给证明书。第二部分：赴一所临时体检站，那里有十多名美国认证过的医生，为即将留美的台湾学生做体格检查。

六十年代初期，台湾做过比较全面身体检查的人不多。为什么美国使馆要自己来给我们体检？想来他们认为我们的医疗体系落后，为确保美利坚合众国的健康卫生，不敢马虎造次，这事得由他们自己来处理。

多年后回忆那次的经验，印象犹新，因为那是生平头一回接受全身体检。其实也没什么了不起，无非是量身高体重、询问疾病历史、用听筒在前胸后背听几下等，连抽血也没有。最奇特的新鲜事：每个人快去厕所，马上收集自己的大小便交上来，体检只有一天，今天交不上来就得等下一回体检，下次体检的日期还没定出来。

我们从来没干过这个，没法子，为了留学美国，事事都要现学现卖。

收集小便容易，喝几口水马上就把事办了。可是多数人一早就上过大号，现在又必须有所出，真是强人所难！在男厕所内但见七八个小伙子，各据一角落，地上铺着张纸，蹲在那里面红耳赤地努力生产，苦苦奋斗但成果均不佳。突然有位仁兄的产量丰富，令大家羡慕不止。蹲在他身旁的那位说："他×的你真厉害，分一点给我，反正他们也不知道那一坨是谁的？"

蹲姿丑陋的全体男子汉为之哄堂大笑。

然而我差一点没有通过这次的体格检查。身体不好？笑话了，那年我才二十出头，浑身是劲，欢蹦乱跳的，更不时做一夜能驾驭十女的美好春梦，体能近乎巅峰状态。体检项目有耳鼻喉科检查，遇到的那位医师大概是华裔美国人，讲中文带有四川口音，他说我的扁桃腺太大，应该割掉扁桃腺之后再去美国。

什么？如果要动手术，前后岂不要耽搁至少一个月的时间？过了入学报到日期，留美计划泡汤！我一再申诉：身体非常健康，扁桃腺从来没有给我带来任何麻烦与疾病，等等。这位李医师（我到现在还记得他的名字：李苍）坚持己见，说你这样的扁桃腺，如果得了白喉症，它会急速肿胀，很容易锁喉而死；白喉症传染起来可不得了。最后他又加上一句：

“这就是我的医学判断。”

态度异常傲慢，马上呼叫下一位候诊者进来。可把我吓得又呆又傻，辛辛苦苦折腾到最后一关，难道说留学美国的大业，就在这里功败垂成了？

我在体检站外焦躁无目的地走过去又转回来，完全不知所措。看见李苍医师手提公文包走出来，迎面有位身着白袍体态丰满的中年美国妇女，朝着耳鼻喉检查站快步前行，两人在中途停下来，谈了一会儿，中年美国女医师进了检查室。

我了解到刁难我的李医生交班了，想何不向那位新来的女医师申诉试试？祈求网开一面，饶了我的扁桃腺吧！门口等候检查的人仍然不少，管他的，不排队，我径自敲敲门大声地说：

“Excuse me, this is an emergency. May I have your help please?（对不起，这是个紧急情况，你能帮助我吗？）”

这段英语竟然说得挺溜。女医师刚坐下，抬起眼来打量我，说：“Yes, how can I help you?”

抓紧机会一五一十地说明状况。她叫我坐下来张开大口接受检查，然后惊呼：

“Oh my Lord, you do have big tonsils.（噢！我的主，你的扁桃腺的确很大。）”

丰满的女医师很有主见，叮嘱我要小心谨慎，避免感冒，那么就不必开刀切除扁桃腺。她在检查表上签字，大笔一挥，“去去去，去美国”的最后障碍顺利解除！

远行八千里，离情依依

病中老爸和母亲在台北

二十世纪六十年代怎么去美国留学？最省钱的途径是搭乘“渝胜轮”，自基隆驶往东京，停留二三日再航向旧金山，整个行程约两周。渝胜轮载重三千吨，定期往来太平洋两岸，客货两用，以货运为主，载客量只有数十名额，暑假期间逢上留学热，买到一张渝胜轮的船票很不容易。

1960年秋我老哥去加州柏克莱大学直攻博士学位，母亲标了一个会，买单程船票，余下的钱供哥哥在他乡应急之用。老哥算计着：如果一切按计划顺利进行，每个月领到一百多美元奖学金，省吃俭用一点，可以汇点钱回家，至少够老母每月必须付的那一笔会钱了。

渝胜轮抵达东京，他寄回来航空邮笺，详细报道在日本的见闻：街市上满布似通非通的中文招牌、麻雀馆内凑足四个人就打一桌麻将、纯吃茶甚有风味……畅游东京市整整两天。他是我们王府有史以来第一个出岛的人。

老哥在东京偷偷地做了一件事，始终不敢告诉家里，事隔多年后在美国，他私下告诉了我这个勾当：写了一封信自东京寄往“北京市前门外东大市永信成皮货庄王寿山先生收”。三叔王寿山在天津和北京守着百年祖传的老皮货庄，地址不会改变的。哥哥的那封信只是告知老王家的亲戚，这些年来我们一家人在台湾的情况。台湾海峡两岸互不通消息多年，这封信在大陆的“文化大革命”期间，给老王家带来了无数的麻烦。细节容后慢慢道来。

一转眼两年过去，搭乘渝胜轮赴美国留学的年轻学子，轮到了与我同届的同学、好朋友们。瞿树元老早就准备好去加州柏克莱大学读博士，他得到一份研究奖学金（research scholarship），专心念书每月还能拿到一笔生活费，简直太美了！美国的规定，赴美留学的学生，在入境时，必须提出在美国第一年的生活保障金——二千四百美元证明；如果该生获得美国大学足够的奖学金，就不需要提出生活保证金证明。没有奖学金的，若拿不出这份证明来，当场就请你打道回府。

当时在台湾，两千多美元是一笔大钱，一般家庭多半只能望之兴叹！我们这几个老哥们儿：林宏荫、吕其康、郑之虎和我，都没有全额奖学金，也正忙着办留学，但是生活保证金全无着落。

几个自小学就在一块儿厮混的老死党，每天愁眉苦脸地干着急。老兄弟瞿树元平素就十分慷慨仗义，此时想出一个万全之策来：请他在银行任高职的老爸，开出一张台湾银行不具名的“保兑支票”(certified check)，面额二千四百美元。这东西可真是个宝贝，拿着它可以在世界各地的银行立即换得现金！然而这是瞿爸爸的钱，不可作非分之想。头一个去美国的持这张“保兑支票”入境，到了那边随即寄出双挂号快递信，将支票交到第二个等待成行的哥们儿手中，如同跑接力赛一般，这张“保兑支票”成了我们的接力棒，确保大家一一跑到终点！

8月初，瞿树元率先登上渝胜轮渡海前往新大陆。林宏荫比瞿公子晚一班船，我去台北火车站送宏荫去基隆。他的行李包括了蒸笼、洗衣板等；林家全家大小都在月台上。操着浓重乡音的林妈妈，再三叮嘱她儿子蒸馒头、包子的注意事项。

火车汽笛骤然响起，震得耳朵疼，广播器在催促旅客上车，往基隆的列车即将准时开动了，忽然林妈妈大声地喊了一句：“宏荫呀!”

然后她转过身去，低下头来独自饮泣。林宏荫的眼睛红了，低声说：“娘啊!”

他转过身来倒抽了好几口气，强自压住情绪，尽量不让自己的哭声太响；母子二人背对着背默默垂泪。宏荫上车找到座位，他自车窗伸出头来，朝着大家挥手，列车缓缓离站，渐行渐远；林妈妈这时候方才放声大哭。

接到林宏荫自旧金山寄出的挂号信，里面是那张“保兑支票”，我可以做具体安排了。时间紧迫，若搭乘渝胜轮根本赶不上密苏里矿冶大学9月中旬的入学，何况也买不到船票，留学生包机是唯一的选择。西北航空公司，发现台湾的留美学生与日俱增，就在暑期加了好几班飞往美国的包机，单程票价三百美元加税。当然都是买单程票，因为那时的台湾留美学生都是走一步算一步，至少得混出个名堂来，方有颜面回家见江东父老。所以几乎没听说有人买来回机票的。正是：去去去千里烟波，不知何日是归程？

对我们家来说三百美元是个大数目，哪里有这笔预算？某个深夜，爸爸已经入睡多时，我坐在屋子里调低了收音机的音量，闭目静听美军电台的音乐节目：《深夜秀》（*The Late Late Show*），播放节奏缓慢的爵士乐，节目主持人是一位女中音，嗓音低沉富诱惑力；最后一支歌曲永远是：*The Party Is Over*（《聚会结束了》）：一位美国老黑人女歌手哼哼唧唧地唱起来，韵味独特，沧桑感十足。

母亲从中和打完麻将回家来，一脸兴奋，她说：

“你的飞机票有着落了！”

都是从何说起呢？她见到我一脸狐疑便笑着说：

“今天手气特别好，赢的钱足够你去美国的飞机票钱。”

哪里有这种事？老母的牌搭子都是和我们一样的平民百姓，打小麻将，一晚上惊天动地的输赢也不过是数百元台币。当时的汇率：一美元换四十元上下的新台币。三百美元等于一万二千多元台币，再好的手气她也赢不到这个数目。

可是母亲不是同我开玩笑的，两天之后她就拿出一包钞票来，要我赶快去买飞机票。时间紧迫，立马办到，没有再问这飞机票钱她是怎么变出来的。

父亲一向习惯早起，未中风之前他如同生龙活虎般地过日子，大清早就出出进进忙活起来，日上三竿家中其他成员还在埋头大睡。他就在走廊上脚步响亮地走动，大口喝水，又说：

“看我这一早上办了多少事哟!”

“天儿真好，这时候的空气特别新鲜。我们家缺少上午（尚武）精神。”依然不见动静，老爸就说：

“夜早眠朝快起，好男儿大丈夫。我们这儿是：夜不眠，朝不起，横在那儿几块大豆腐!”然后他对着家中的老猫大声地喊：

“Good morning cat！”

病后的他仍然早睡早起，行动不便，脑筋还算清楚，却比以前沉静多了，每日清晨独自坐在走廊上，默默地看着院中的花草。我搬过一张椅子来坐在他身边。

“爸，得多做运动。”老太爷看着我，缓缓地举起双臂来，左右摆动。

“爸，我过几天就去美国了。”

“噢！去……去美国找……找哥哥？”

语言教授、正音专家的“国语”发音依然正确，毫无瑕疵，只是说话吃力，节奏缓慢，用词简单得像一个牙牙学语的小孩。

“你哥呀，念书用……用功，真好，你呀，学、学着他点儿。”

“是的，我会好好跟他学。”二十多年来，他都在说这句话。

“女朋友呢？还……还挺好？”

“没有女朋友啦！上一个跟我掰了。”

“掰啦？喔不要紧，再找……找找一个，她……她得健康，健康，健康……的才好。”

我听了一直点头，这话他跟我说过许多遍了，我就接过来说：

“别像妈妈一样，不是生这个病就生那个病的。”

于是爸爸与我同声地笑了起来。他又说：

“你看哪！她呀……她叫……叫朵朵的那个，多好哇！健康、健康……脸蛋红喷喷的……真好。”

爸爸一心想给我撮合他好朋友的女儿朵朵。

“您是说朵朵吗？人家嫁到美国去了，洋丈夫，洋房，洋汽车。她写了封信给我，说她现在好同情台湾，你们过得那么苦。还说已经怀孕了，等着当妈妈。”

“喔！朵朵怀孕了。你去美国要多咱[1]才回……回台湾哪？”

这是无法回答的问题，我试着解释：

“爸，我就去念个硕士，然后在那边找工作上班挣点钱。”

“挣钱，对呀！我……你看看，挣钱……我不行啦！”

“爸，不要紧的，我去那边估计三个学期毕业，找到工作就能挣钱；再过一阵子哥哥的博士学位拿到手，他会挣得更多。您看，俩儿子都那么大个子了，还用得着担心吗？”

父亲噢噢噢地笑着点头，像是真的宽下心来。

“坐飞……飞机去美国？”他问我。

“是呀！我还没坐过飞机呢！这回可是要开洋荤了。”

“飞机……我坐过……”

---

① 多咱：北方土话，多久的意思。

老爸在抗战的时候坐过军用运输机，这则故事我们从小就听他重复地讲过多次。今天老爷子兴致特别高，便缓缓地又说起这一段来；我在一旁帮着提醒好几个他记不太起来的细节。

“哪一天走哇？我们一块……一块儿去机场。”

“爸您别去机场吧！那地方人太多，您走路又不方便，万一教人撞上踩着的，那可就麻烦了。”

“不要紧的，我……我走路还行，去机场……机场没……没问题。”

后记

去美国之后，因为积极参加在美华人留学生发动的“保卫钓鱼台列屿运动”，被列入黑名单，旅行证件被吊销。1985年母亲病危，申请回台湾，终于再度踏上阔别二十三年的台湾；父亲已经在十年前离开了人间。

那天清晨和爸爸在家中闲聊，是我们父子最后一次的单独谈话。

土包子飞越太平洋

1962年9月8日，与东京导游小姐

头一次做越洋长途旅行，必须妥善地做好准备。

首先这吹风机一定得随身携带，我的头发多如牛毛，洗完头之后毛发四射，如疯子一般，一定要将它吹得服服帖帖，美国的电压也是一百二十伏特，此地的电器都接得上。去美国总得有件像样的西装，我看中了在西门町某服装店展示的浅米色西装上身，质料特别，从某个角度看去，有些微微发光，再仔细观察，衣服上隐隐有花纹设计，这件上身穿上去那可真叫酷咧！只是标价相当贵，几度犹豫，最后忍痛买了下来。

穿着这件略为闪闪发亮的新衣，在好友郑之虎面前转悠，他觉得袖子稍微长了点，但是还过得去，再观察了一会儿说：

“我怎么觉得你穿了这件上身，就像那个不男不女、在舞台上扭屁股唱歌的家伙，要是再配上一条发光的裤子就更像了。”

“扯淡，你懂个屁呀！”

发光的裤子没买，像样的皮鞋必须得有一双。去中华路一家鞋店买了双皮鞋，样子不错但是穿上走路有点紧。鞋店老板操着一口扬州话说：“孩子（鞋子）紧才好，它跟觉（脚）。年轻人本本迢迢（蹦蹦跳跳）的，一哈兹（一下子）就不紧了。”

这老板说得也对，鞋子的价钱合理，于是又咬了一次牙买它下来。郑之虎摇头，不以为然地说：“没钱还愣花钱，咱们本来就穷，到了美国就是最穷的人，不必打扮啦！”

我说：“不能这么讲，就算你是个穷命，也别露出个穷相来。”

出发的那一天行头准备齐全，叫了辆出租车去机场，老爸老妈坚持要一道去。临上车之前，妈妈塞了一卷票子给我，略看了一下是美钞，我说：“妈，我想我的钱够了，您自己留着用吧！”

老母没搭腔，扶着老太爷进了汽车后座。

六十年代的松山机场，机坪上停着架即将起飞的飞机，众乘客必须步行过去，爬上阶梯进入机舱。送行亲友站在不远处，隔着矮铁丝网与远行者话别。每次留学生包机启程前，送行的通常有数百或上千人。

父亲行动不便，在郑之虎和孙学长两旁扶持之下前行，母亲跟在后面，慢慢地挤到铁丝网边。人群争着说话，声音嘈杂，我们彼此的说话声音都听不清楚。只见老爸靠着铁丝网，摊开双手然后指着自己，嘴唇缓缓地嚅动着，他一直保持着笑容，我当然知道老爷子在说什么，他一定是说那几句话：

“用功……你要好好的，我……我已经好了，不要紧哪！……”

扩音器的声响具爆炸性，正在做中英文广播：

“西北航空公司飞往东京的留学生包机，现在开始登机。”

挥着手慢慢退着走了一段路，转过身来随众登机，一步一步地爬上阶梯。一个身材雄伟的汉子跟在我后面，他突然抑制不住自己，左右摇摆着，随即放声痛哭起来。

在机舱口，我回首再看看他们，视线模糊，一眼望过去找不到父母亲在哪儿了，送行的人群很遥远。耳边空中小姐的嗓门儿响亮，催促大家赶快入机舱找座位。

西北航空公司的留学生专机，是一架双螺旋桨老飞机，临时调来送台湾留学生去美国。有在行的同行乘客说：这是第二次世界大战某个型号的轰炸机改装的，可以载一百多名乘客，它的耗油量大。我们从台北松山机场飞往东京羽田机场，在东京停留一天，再飞到美国阿拉斯加州的安克拉治，通关检查后，继续飞抵美国本土的西雅图市。

坐在我旁边的女士，绑好安全带之后就闭上眼睛，嘴中默默有词地念着。飞机加速即将起飞，她低下身子把头放在双膝之间。直到飞机完全升空已平稳地前行，广播器告诉大家可以解开安全带了，她才缓缓地抬起头来泪流满面地左右张望。

看来整个飞机上的俊男美女们，多数都正在体验自己的“处女航”。

起飞不久我就坐不住了，起身走来走去，同机的熟人不少。小金依偎在她男友的肩头上浅睡，见到我穿着那件西装走过来就忍不住笑起来：“哎哟！你这衣服还发亮的呀！去东京上台演唱吗？”

他们这一对要去加拿大进修。

初中同班同学橄榄头（他的头型长得如同一只完美的橄榄）也在飞机上，他悄悄告诉我：

“我给你找到了对象，她也要去密苏里州。”

就是坐在橄榄头旁边的美女，打扮时髦，体态丰腴，谈话时中英文夹杂，表露出她的英语造诣相当不错。人家是密苏里圣路易城华盛顿大学药学系的研究生。哇！圣路易的华大，那可是间名校，该校的医学院远近知名。哪里哪里，你去密苏里的哪个大学呀？密苏里矿冶大学。呃！它在什么地方？Rolla Missouri. 噢！不太熟悉。老实讲我也不清楚Rolla Missouri究竟位于何方，今后要在一个世人不知的寂寞角落里埋首苦读？

到了东京停一夜，第二天傍晚再登上同一架飞机去阿拉斯加的安克拉治，航空公司安排我们在一间小旅社住下。那时我是个精力充沛的小伙子，一定要争取时间去东京市玩他个够！立刻打电话给刘正昭。

刘正昭与我在建中同学三年，人家是位风头十足的运动员，个子不高浑身是劲，肌肉练得特别结实，高三那年他当上建中橄榄球队队长。经常看他在球场上左冲右突，所向无敌，他最有把握的绝技是踢门球：橄榄球立在小架子上，倒退着蓄势待发的正昭，往前跑了几步，使足力气一脚挥起，橄榄球飞起来有三层楼高，穿越那座H形球门的上半部，三分到手，全场球迷鼓掌欢呼。

正昭他们家与日本的渊源很深，家人彼此交谈都讲流利的日语，大学毕业后他立即去日本上了某名大学的研究所。

参加东京一日游旅行团，三十多个男女老少乘坐一辆旅游大巴士，在东京各名胜地点转了大半天。这个旅游团的成员，都是来自日本各地的乡下人，只有我和刘正昭是外来客。身材矮小的导游小姐和蔼可亲笑容甜美，讲解起来不用思考不需喘气，一套一套地十分顺溜。我一个字也听不懂，多亏正昭兄为我做了重点翻译。

来到东京怎么能不去观赏一场台湾看不到的脱衣舞？刘正昭

边笑边摇头，他说："怎么所有从台湾来的都要看那东西？送你去剧场，看完了我来接你。"

早听说东京的脱衣舞特别精彩，台上演到一半还会找观众上台来做现场表演的。可是那一场的观众稀稀落落没多少人，每个舞者的身材都很不起眼。唯一记忆犹新的：舞台上来了一人，身穿重重和服，随着音乐一件一件地脱衣服，最后显露出他丑陋的男子身来；此人又不停地讲笑话，观众乐到东倒西歪。我只听懂了一个字，那人重复地说"铁骨泥股"(technique?)，再加上几个猥亵动作，大概是说他的房事技术很好吧！与刘正昭谈我的观后心得，他笑着说：

"你要是学日语的话，进步一定很快。"

再经过十几个小时的飞行，留学生包机在安克拉治国际机场降落。中华路的鞋店老板害苦了我，新皮鞋本来就有点紧，长途飞行后两脚肿胀起来，下机时双足隐隐作痛不已。通关的队伍很长，每个人拖着行李，手中拿着一个大橡皮纸袋子，里面是X光底片，检查好严格，每个人的大小箱子都必须打开来一一翻看。

“What are these?（这些是什么东西？）”

面前的这位海关检查员，肥头大耳，腰围突出，嗓音尖锐，他从我箱子里搜出几只小宫灯来，举在眼前翻过来倒过去地看。

那是临行前表姐塞给我的，她说这些小东西都不值钱，年节的时候送给美国人当礼品多好哇！

海关检查员问话了，我想了一下回答：

“Trinkets, those are trinkets.（装饰品，那些是装饰品。）”

“What did you say?（你说什么？）”

人家听不懂！首次踏上美国领土，开口讲的第一个字头一句话就被打了退票，我的英文是怎么啦？顿时信心跌入谷底；用了另外一个字：souvenirs，胖老美点点头，让我过关。

坐在候机室等飞往西雅图的班机，精神不济陷入半昏迷状态，机场的广播器播放了几次：“往西雅图的飞机开始登机了。”

我听得不清不楚的，忙去柜台询问，然后拔足奔向登机口。

我讲英语人家不懂，机场的广播我也听不真切，多少年来在台湾学的英语怎么完全不管用了呢？

最后一程的飞行，两脚疼得实在无法忍受，索性在飞机上脱下鞋子，然后再也穿不回去了。表哥杨维训和他的未婚妻孙文雪，在西雅图的塔科玛机场等候我多时了。

他们接到的这个表弟：穿着一件浅色亮晶晶的西装上身，一手拖着行李，肩上挂着背包，另一手拎一双皮鞋，赤着双脚，脚上穿了两只新袜子，步履蹒跚笑容疲惫地迎了过来。

我该去哪里读书？

初到美国加州，兄弟俩在旧金山的海洋公园

表哥杨维训在美国留学的表现优异，不到一年半的时间就在华盛顿州大学取得机械工程硕士学位，当地的波音公司聘他当工程师。下个学年的秋季，他计划南下旧金山湾区的斯坦福大学攻读博士学位；不用问，人家当然有全额奖学金（Full Scholarship）。对我这个菜鸟留学生而言，表哥是识途老马，后生小子学习的楷模。

见了面他问我去哪个学校？又是这个问题，我要去的大学是：Missouri School of Mines and Metallurgy, Rolla Missouri.

“Pardon me, what is the name again?（对不起，再说一遍它叫什么名字？）”

再说一遍人家也没听过。表哥觉得身在异国，大家最好距离近一点，彼此可以互相照顾。百分之百地同意，然而只有这间学校收我，不去密苏里去哪里呢？

搭乘灰狗巴士（Greyhound bus）自西雅图南下，停停走走需要六个小时抵达加州柏克莱。为什么不直接转飞机去旧金山，然后去距离很近的柏克莱？哎呀，省省吧！灰狗巴士最便宜，车票钱不到二十美元。

搭乘灰狗巴士的人不少，上来一个美国小伙子，坐在我旁边不停地讲话，告诉我他要一路坐灰狗巴士到华盛顿，去FBI总部报名考试，这辈子的志愿就是要当FBI agent（FBI特派员），捉拿世界上的坏人。他平时在家里练习射击，枪法相当不错了。FBI的标准武器是45口径自动手枪，威力超级强大；他连FBI的制服都已经预备好了，就是身上穿的这套褐色卡毕丁西装。

一别两年多的老哥在巴士站等我，但见他意气风发，模样比以前帅得多了，身旁还有位娇小貌美的女士，未婚妻李咏湘。开着一辆庞蒂亚克二手车，这位加州柏克莱大学的资深研究生CC Wang，一路上谈着他的美国经历：来到柏克莱，与几位台湾留学生共租一间公寓，大家轮流做饭做家事……

简直是匪夷所思！过去二十几年来，我所熟知的老哥，是一位只会坐在那儿挑肥拣瘦，嫌某道菜不好吃的资优生，到了美国之后居然会做菜做饭给别人吃？

他说："我现在烧出来的几道中国菜，人人称赞！"

他与室友们相处得都不错，有位室友最喜欢谈论苏联军事力量，向往社会主义，言论大胆；当时的苏联元帅有名马林科夫者，这位室友的绰号就成了"马魔"。另外一个室友名叫老鹿，轮到他做饭那天绝对准时，将做好的菜（每顿一个菜）自锅中一一分给大家，然后立即将自己那份从锅子里送到口中吃掉：这样可以少洗一个碗。还有位室友是他的老同学方敬尧，每日时时刻刻勤奋读书，用功程度使得我们家的这位模范学生都感到压力无穷。

如今他算是熬出半个头来了，课差不多已修完，资格考试顺利通过，找到一位很好的指导教授Dr．Barker，论文题目也定了下来。搞生物化学必须得做实验，什么时候能做出够分量的结果来，真难说！可是日子过得比头两年轻松得多。我老哥生性喜欢广交四方豪杰，热心照顾新来的台湾留学生：机场接送、招待在家中聚餐（现在都由未婚妻负责烹调）、喝个小酒、打个小麻将……新旧留学生在他那里出出进进，聚会甚多；包括我的好友瞿树元、吕其康等人，都成为资深研究生CC Wang的麾下党羽，他们在台湾时就叫他大兄，这个名字就这么传开了。

我疲惫已极，长途旅行的兴奋松懈下来，就在大兄公寓的长沙发上睡了十二小时，方才勉强摆脱时差的困扰。次日有树元、其康、咏湘加上我们兄弟俩，一车五人在旧金山附近各名胜地玩耍，谈起我们从前的趣事，又目睹令人心旷神怡、美不胜收的旧金山湾区风景，真是人间美事，开足了洋荤。初抵美国的经历异常美好，令我为之鼓舞振奋不已。

第二天回归现实，与老哥长谈：我该去哪里读研究所？他认为当然就留在北加州，怎么可以去密苏里那个人生地不熟的地方？兄弟二人无异议地达成共识。然而我那份丑陋见不得人的台大成绩单，根本不敢申请加州柏克莱、斯坦福等北加州名校，也没有申请到北加州任何其他学校，开学将即我能怎么办呢？或许我就不去密苏里报到，留在旧金山湾区一带，偷偷打个工，同时申请这一带的州立大学，等下学期再入学？

大兄有个同学，绰号张烂人，来美之后学会了调鸡尾酒，就在旧金山某酒吧上班，一个月净赚五百多美元。他在附近某州立大学有一搭没一搭地选一两门课，保持学生身份。快四年了，没有人敢问他何时能拿到硕士学位。大兄一再警告我，千万别沦落到张烂人那种地步。不可能，我根本不会调鸡尾酒。

老哥思索良久，突然高声地叫起来："San Jose State！"

怎么说？他讲解美国加州的大学制度：公立大学分三等，加州大学如柏克莱（UC Berkeley）、UCLA、UCSF（医科大学）、UC Davis等属第一流的好学校；次一级的有旧金山州立大学、圣荷西州立大学（San Jose State U.）、Hayward State U.等等，就在旧金山湾区一带；再下来一等是各城镇的社区大学，多的是，就可以不必考虑了。他说：

“再怎么说你是台大电机系毕业的，不至于烂到要上社区大学吧！”

基本上大兄对我还有一点肯定。他问：

“你的GRE考得怎么样？”

我嗫嗫嚅嚅地回答：“马马虎虎，比台大成绩单好看一点。”

“有人告诉我圣荷西州大电机系的情况，那儿和台大电机系差不多，你去了肯定能跟得上。”老哥胸有成竹地为我分析策划，“所以说申请San Jose State是个不坏的选择。”

“可是都快开学了，”我说，“人家还收新学生吗？”

“这个你可得好好学着点儿，美国人最看重interview（面试），面对面留下的好印象很关键。我们赶快和那里的电机系主任约个面试。”

在台湾的时候，电话对我的用途只在与女友情话绵绵，老哥在美留学两年，他以电话办事已经到了得心应手的地步。英语顺畅地说起来，约好明天上午十时，圣荷西州大电机系主任给我一个面试机会。哎哟喂！英语面试的经验整个很缺乏，明天我该怎么对付呢？一晚上没睡好。

我、李咏湘、瞿树元，加上老哥，他开着那辆老庞蒂亚克一路南下，有说有笑地走了两个钟头。胖胖的电机系主任人很和蔼，我的开场白还算顺畅，因为我把那几句话反复地想了大半个晚上，无非是仰慕贵校已久，希望来此地修硕士学位之类的话，态度恭顺，语气带着谦逊。他挺有兴趣地问我在台湾上大学的情况，修过哪些课程，用什么教科书，教学是否使用英语，着重实验吗……我据实以告：用的都是美国出版的教科书，如Electronics by Millman，等等。

系主任的鼻梁上架着一副老花眼镜，他很仔细地一页一页看我的成绩单和其他资料。我心中开始发毛。胖系主任讲话的声音低沉和缓，像是在自言自语，他说：

“噢！你这几门课的成绩，不是太好。”

然后他把眼镜拿下来，略略想了一下，说：

“我听说过台湾大学，有不少那里的学生来美国读研究所，表现得都不错，我们很希望有更多的国际学生来电机研究所。你从八千多英里之外来到这里，想在圣荷西州大读书，很难得。但是申请入学日期早截止了……这样吧！我们来试一试special late admission（特别延迟入学许可），不过如果你来本系修硕士的话，这几门课必须要重修。”

他在我的成绩单上指指点点，又说：

“现在我就安排你去见注册组主任。”

胖主任拨电话，我在一旁连续点头微笑，表示欣然同意。

四个人一起走进注册主任的办公室，注册主任长得像个卖二手车的售货员，他坐在办公桌后面没起身，从左到右看了我们一遍，然后有点不耐烦地问：“是谁想要办特别入学许可？”

我举起右手向他打招呼，然后说话有点结巴：

“我……我，电机系主任要我来见你……”

“是的，我和比尔刚通了电话。你知道吗？我们学校早在两个月前截止了申请入学，依照规定你只可以申请下学期的入学。”

我请他网开一面，依照电机系胖主任的建议，特别准许我这个学期注册入学，因为我是从遥远的台湾过来的，非常希望能够在圣荷西州立大学读书，等等。注册主任听了之后，声音更加高亢，他说：

“圣荷西州立大学世界驰名，每年有成千上万的人从全球各地申请来这个学校读书。我作为一个名校的注册主任，必须要对所有的申请者负责，如果今天破例准你特别入学，我怎么对得起其他千千万万的申请者？”

“可是电机系主任告诉我，他已经准许我这个学期入学，因为国际学生还有名额……”

“比尔负责的事务与我不一样，他只需照顾一个电机系，我可是要对整个圣荷西州立大学负责，这间大学的公平、正义和声誉必须小心地维护下去，因为它是世界驰名的好学校，来申请的国际学生成千上万……”滔滔不绝。

注册主任的话被我老哥厉声打断，他说：

“圣荷西大学在国际上没什么人知道，湾区只有柏克莱加州大学和斯坦福大学闻名世界。每年申请圣荷西大学的国际学生，我看最多只有二百人吧！”

注册主任瞪起两眼，嘴唇微张，为之语塞。

疾恶如仇是我们家大兄的本性，不分中外，他最不能忍受自鸣得意胡乱吹牛皮的家伙，双方不欢而散，我们打道回府。

后记

二十四年后，我执导的电影《北京故事》在旧金山首映，当地报纸*SF Chronicles*首席影评人Judy Stone特地为我做了专访。Stone女士问我初到美国的经历与感想等，我告诉她申请San Jose state Univ.的那一段，老太太听完之后哈哈大笑，她说：

“San Jose State University拒绝了你，看来你的大学成绩单真的很见不得人呢！”

罗拉密苏里，我来了

圣荷西州立大学的路子断了，密苏里矿冶大学报到日期是9月中。我究竟要不要去Rolla呢？留在湾区打工，同时申请附近的大学是一个办法，但是做什么工作呢？餐馆打工，洗盘子、当busboy（餐厅里收拾盘碗、擦桌子的小弟），我干得了吗？交通工具是个大问题，在这个地方若不能以车代步，等于是死路一条。必须先学开车拿到驾照，再买一台二手车，那么多的投资和麻烦，根本玩不转。

“你身上有多少钱？”老哥问我。

总共二百七十多美元，再搜了一下身，还找到在上飞机之前老母塞给我的五十元现钞。

“在密苏里撑一个学期应当够了吧！”我说。

大兄低下头来想了一会儿，他点点头：

“不用缴学费，什么地方也别去，省吃俭用，或许差不多。估计密苏里那地方的生活费用比旧金山湾区便宜。”

他们送我到灰狗巴士站。临上车之前大兄一再叮嘱：

“专心念书，成绩绝对不能泄气，你没有退路了。如果遇到困难赶紧写信给我。”

灰狗巴士的广告词为：“Leave the driving to us.（把驾驶交给我们。）”

同座的青年男子一开口，我就听出他的法国口音，他比手画脚地说这是他计划好久的横跨新大陆之旅，从旧金山搭乘灰狗巴士，一路停停走走到纽约市，整个行程要三天多。佩服！但是同他讲话太累，而且会使自己的英语退步。

不久我便闷头昏睡起来，旅途遥远，第一站是Reno Nevada（雷诺 内华达州），距离旧金山最近的赌城。巴士休息站内摆满了吃角子老虎机，不少旅客掏出铜板来喂它，拉一下把手，老虎机轰隆轰隆响了一阵，然后没动静了，据说运气好的老虎机会一下子吐出无数硬币来。我犹豫了很久，从口袋里拿出一枚五分钱硬币（a nickel），投入一具吃nickel的老虎机，顺手拉了一把，一阵盼望，它居然掉出六枚nickels来。一本五利，于是贪心顿起，马上要接着再投币。广播器大声地在催促：往密苏里圣路易市的乘客赶快登车！

上来一名大块头老先生，坐在隔着过道的同一排，一身西部牛仔打扮，不停地嚼烟草，然后打开窗户，将嚼过的烟草吐到车外去。当他发现我旁边的青年是个法国人，老牛仔就很兴奋地管那人叫Frenchie，然后以南方口音，讲他自己许多年前的法国之旅。

说到兴起，他从裤子后的口袋拿出一只扁平酒瓶子，仰头喝了一口，之后他把酒瓶子递给Frenchie，要他也喝一口，Frenchie喝了又将酒瓶交给我。什么规矩？美国西部牛仔都这么干的吧！入境随俗，我们三人就这么轮流地喝起来。

老牛仔喝多了，讲话的声音愈来愈大，他的夸张笑声更是惊人，还纵声高歌，许多乘客为之侧目。突然灰狗巴士在公路旁停下来，司机是个大块头，皱起眉头大踏步从驾驶座朝这边走。他的声音低沉有力，说话如连珠炮，谴责老牛仔的行为不当，我只听懂六成。老牛仔不服，一直在争辩，听起来他是在反复地说：

“This is a free country.（这里是一个自由国家。）”

司机转过头来对着我们两个人，以缓慢的英语口齿清楚地说：

“你们不是美国人，知道吗？在公众交通车辆上饮酒，已经触犯了联邦法，请遵守这个国家的法律。”

我们吓坏了，不敢再搭老牛仔的腔。老头子喃喃自语，两下子喝完了瓶中酒，靠着窗户睡去，鼾声震天。

长途汽车的行走时间不易掌握，抵达Rolla已经是午夜时分。我找出来小顾的电话，走入电话亭，拨电话给小顾。小顾是台大电机系与我同届的高才生，经常拿到书卷奖，他第一个发现密苏里矿冶大学新成立电机研究所，研究生一律免学费。抢先退伍后，他快速办好留学手续，赶上了1962年的春季入学。我来到Rolla，当然要找小顾。

电话拨到一半才发觉，已经过了深夜十二点，吵醒人家多不合适呀！在空荡荡的汽车站伫立了好一会儿，我叫了辆出租车开往此地唯一的旅馆。住宿一夜美金五元，我付给搬行李的男孩子二角五分小费：美国的规矩，人家替你干任何事都要付小费。今晚的开销好大呀！不过我给的小费，是从Reno Nevada吃角子老虎机赢来的五枚五分钱硬币。

第二天小顾来旅馆接我，他见到我就说："我还没住过美国旅馆呢！你到底是有钱人，一到Rolla就住在这种地方！"

有苦难言。小顾说事不宜迟，再过几天就要注册报到了，得赶快找个地方安顿下来。他拿来一份当地的报纸，其中有不少房屋出租的广告。操着半生不熟的英语打电话找房子，头一个接电话的听着像位老妇人。讲到一半她不耐烦地打断我，问：

"你的英语有口音，你是从哪里来的?"

"夫人，我是从台湾来的。"

"我不愿意泰国人租我的房子。"

"台湾，不是泰国。"

"那是什么地方？在亚洲吗?"

"是的夫人。"

"那也一样，我不能租给你们亚洲人。"电话被挂断了。

十分沮丧，我把整个过程告诉了小顾。小顾说：

“怎么办呢？这里是密苏里，美国中西部的保守地区，密苏里老乡不愿意与他们不一样的人种接近，更不清楚泰国和中国台湾是两个地方。美国人有一句话：‘I come from Missouri（我来自密苏里）。’它的意思是指这个人很土。别泄气，继续打电话。”

小顾来密苏里不过大半年的时间，他对美国国情已经相当了解了。再打了七八通电话，也是毫无结果，倒是没有人那么直接说歧视亚洲人的话。

没有想到密苏里矿冶大学在台湾还挺有名，这个学期来此地注册的台湾学生居然有三十多个。通过联系，聚合了五名台湾留学生，租下一套老房子，离学校近，月租六十多元，再加水电费，平均每人分摊不到二十美元。屋主是一对年轻夫妇，生了三个小孩，急需更多的收入，不在乎付房租的是泰国人还是中国台湾人了。

五个人是我、低级王子、台东陈、老蒙古、老何，俱是台湾各名牌大学的毕业生。五名臭汉子同在一个屋檐下，每人的成长背景不一样，大大小小生活习惯上的差异，常引起啼笑皆非的争执、面红耳赤的叫喊，一时说也说不完。

注册日，带着一应文件去学校报到。研究生不需要缴学费，但是学校收学杂费，一学期近百元，又有学生医药保险费，倒是不算贵，不买保险在这种地方万一病倒，那可怎么办哪？最没想到的是买教科书的费用，一本书约二十美元，我选了四门课，光是这笔开销就接近百元了。怎么办呢？我是来读书的，不买这些书我读什么呀！一咬牙都买了下来，背着四本书慢慢走回住处，心中老在盘算着今天的巨大开销，这一笔那一笔地花下来，我还剩下几个钱呀？步履愈走愈沉重。

粗略估计一下，Rolla是个大学城，基本生活开销很低，剩下的这点钱省着点过，最多可以撑三个月。那么三个月以后又怎么办呢？写信给大兄求救是一条路子，但是刚刚注册完毕就伸手借钱，简直太丢人啦！不自觉地口中喷出来老爸常常唱念的京戏《秦琼卖马》，里面有那么一句："唔！腰中无钱也是枉然。"

秦琼字叔宝，这位隋唐英雄在旅途中患病，付不出房钱来，只得卖他心爱的黄骠骏马，好汉单雄信喜欢好马，更能慧眼识英雄，他大方地帮助秦琼脱难。秦琼当年比我的处境好，他还有一匹千里良马可以卖，又遇上洒脱仗义的单大侠。那么我呢？又想起另一段京戏唱腔，便大声地唱起来：

“可怜我……我我……在此……孤苦伶仃受苦行!”

这里是美国密苏里乡下，不会有人管我在街上干什么。唱着唱着心情略为平静了些，干着急又能管个屁用？

去问问先来的同学，有什么生财之道。混得最出色的是小顾，他是钱诺维斯教授（Prof. Chenoweth）的助教，每个月实拿一百多美金薪资，工作轻松：钱教授班上的学生作业都交给小顾批阅打分数、开发研究题目，做出结果来与教授联名发表，也就是他的硕士论文。唉！这才像个硕士研究生呀!

小顾劝我少安毋躁，专心上课先把成绩拼上去再说。这是个新成立的电机研究所，经费有限，助教奖学金的名额大概就那么几个，美国同学拿奖学金当然比我们有优势。小顾选读钱诺维斯的课，表现特别突出，钱教授愿意指导他写论文，又找小顾当他的助教。来Rolla的第一个学期，小顾也是完全没收入，埋首读书硬撑一个学期，不是撑过来了吗？顾助教哪里知道我的苦衷，在下的阮囊十分羞涩，就怕撑不过这个学期了呀!

“勾引虎年番女，有辱斯文”

注册后的几个星期，心焦如焚，慌慌张张地静不下来，日日夜夜不停地嘀咕：兜儿里只剩下几十美元，就快要过不去啰！

我的古巴同学名Juan Castillo，正确读法是黄·卡斯提佑。他也叫我Juan，因为我纠正过他：我姓王，不要随着那些美国人将Wang字发音作“万”！于是他索性就叫我Juan，我们成了古巴兄弟。古巴黄的程度不是很好，我有时帮助他解解题目。此人性格乐观开朗，说说笑笑地随口就唱了起来。他见到我心事重重愁眉苦脸的德行，就说：

“Cheer up, tomorrow will be a better day.（开心起来，明天会更好。）”

同古巴黄比较熟了，就告诉他我担心的事：生怕钱花光了又借贷无门。怪了，Juan Castillo与我初识，我却很不经意地向他说出来心底话。古巴黄说这不是问题，没有钱就去打工挣钱嘛！留学生打工，是犯法的呀！他说：

“你怎么那么笨，只要是本校注册的学生，在校内打工完全合法。我在学校里干过好多种工作了，食堂分菜、打扫卫生、帮助教授整理资料等等。而且即便没有钱了，明天一定会更好。”

我细心地看学校里每一个布告栏，临时工作有不少，工资都差不多：一个钟头七角五分，是当时的最低时薪。专业性工作不会，扫厕所太辛苦，在食堂打菜，收拾清理时间过长……见到学校图书馆的布告：“Help Wanted（急需）找人处理还书上架。”

这个差事我可以对付，当机立断，找到了图书馆馆长的办公室，立即敲门，里面有人叫我进去。馆长威廉斯先生个子不高，我说明来意，他上下打量，示意坐下来谈。面试十分成功，威廉斯馆长吩咐我下周一上午带上所有证件来上班。临别时我一再谢谢他，馆长点头微笑说：“You bet!”

听不懂了，他在说：“你可以打赌!”什么意思?

西方人讲究隐私权，没有预约，贸贸然敲门打搅人家，这种唐突做法相当失礼，搞不好会被人轰出门来。幸好图书馆馆长温文儒雅，不介意我这个莽撞无礼的台湾学生。归根结底是心中慌乱焦躁，急着想解决面临的青黄不接的困境，行为莽撞了些。

办好手续，一切顺利，工作单纯：每一本图书馆的书书脊上都有号码与注明类别的标记，清楚这套系统就将还回来的书，一一上架归位。能赚多少钱？简单算一下：一个星期最多可以工作二十小时，偶尔有加班的机会，扣去社会保障金（Social Security），可以实拿十多元现金，一个月有四十多元的进账，若省吃俭用没有额外开销，一个月三十元应该可以维持基本生活了，还能存两个钱。如释重负！

室友们见到我经常在图书馆内忙上忙下地搬书，低级王子说话了：

“这个姓王的鬼聪明一堆，动作就是比别人快，好事就让他逮到。以后我们要跟着他跑。”

完全是个误会，是因为我“穷”到快无米下炊了，穷则变，变则通。相信他们个个的经济状况都比我好得多，就没必要在校园四处找活儿干了吧！后来有个叫上海陈的台湾同学，去学校食堂打工，因为食堂打工吃饭不收钱，吃了过多的马铃薯泥(mashed potatoes)，一个多月下来胖到大家都不太认识他了。

五名台湾同学租一套公寓，素昧平生的汉子天天生活在一起，麻烦事儿此起彼落。轮流做饭基本上就是个问题：台东陈最用功，忙着读书，为节省时间他把肉、菜、盐等同时放在一口大锅里死煮，肉捞出来丢到墙上会强劲地反弹回来，有如回力球，可是不能批评，他会跟你翻脸。我炒西红柿鸡蛋，不懂得先要将蛋炒好，不分先后往锅里倒，炒出来的是一大盘红黄糨糊。老蒙古做的是游牧民族食物，处处加上过量的盐，谁也受不了，怨声载道，蒙古兄有理论：

“不敢吃盐的男人，都有肾亏的问题。”

每隔五天，大家必须接受他的“肾亏”治疗。只有老何来美之前，用心跟他妈妈学了几道菜，我们每个星期就等着老何当班下厨。

“低级王子”的绰号是怎么来的？这家伙不时地在想他远在天边的女朋友们，最忘不了的是与她们的肌肤之亲，描述起来就有大皮球、小皮球、皮球上的小葡萄等语，又坦承这种没有女人的日子太过煎熬，每隔两周必须自我释放之类的话。毫不隐瞒直接说出来也是一种坦诚，然而“低级王子”之名却叫开了，反正只是同学之间胡乱地说着，无伤大雅。

除了紧张地读书准备考试之外，有时候我们也抽空打桥牌，低级王子与台东陈一队，我与老何搭档。牌艺都很普通，但是我与老何屡屡胜出，因为台东陈好大喜功，一手烂牌他总抢着高高地叫上去，输得很惨；事后这二人还不停地开追悼会，互相埋怨，没心思打手上的这副牌。

老蒙古长着一副如假包换的蒙古族脸，因自幼在台湾长大，所以这个蒙古汉子不会骑马。然而他曾在海军服役，拍了一张六寸大小的海军军装照，一副雄赳赳气昂昂的样子，将它放在书桌上自我观赏不已。我们同室数人前后都夸奖过那张玉照拍得好，蒙古兄仍不时手持着照片，或在镜子前孤芳自赏自言自语：

“这个人长得既威武又英俊，是海军的一朵奇葩。”

之后我们就称他为“蒙古国海军部长”。海军部长念白字，将“奇葩”的“葩”读作“巴”，此人也不能被纠正，他会同你争辩到你没有觉睡。

记得我曾经给每位室友作了一首打油诗，当然都是恶作剧的戏谑之词，事隔多年也记不全了。赠给蒙古兄的一首是：

“沙漠海军只一家，部长揽镜常自夸。威武形中带英俊，军中一朵大奇葩。”

下面加注：奇字应读作奇数之奇。

蒙古兄很不喜欢这首打油诗。

在图书馆打工一个多月后，威廉斯馆长调我去地下室的参考部帮忙。工作比搬书上架轻松多了，负责管理参考书籍的借出登记与归还。这需要有英语应对的基本能力，它给我很多练习英语对话的机会。

首先遇到的挑战是听不大懂印度同学的英语，他们的英语程度好，言谈流畅，然而那个独有的腔调，需要全神贯注伫耳倾听，连猜带蒙地才略知一二。实在招架不住了，就请参考部主管裴蒂·透纳（Betty Turner）小姐来解困，她在图书馆多年，经验丰富，能听懂各式各样腔调的英语。

在参考部的工作堪称轻松，来这儿的人多半知道要干什么，自行找到爱看的书报杂志，阅读后归还原处；偶尔有人询问某教授指定的参考书在哪里等。我通常带着课本在上班时间抽空读书、做题目。

上司裴蒂·透纳女士，应该有三十多岁了，鬓角略见几根白发，待人亲切，轻声细语地说事情，从来不着急，我们相处融洽。参考部只有两个人，我们常在办公室低声聊天，她告诉我许多美国的风俗习惯：St. Patrick Day是怎么一回事，感恩节为什么要吃火鸡，复活节时小孩子满处找鸡蛋干吗，等等。

当然，裴蒂小姐还教了我许多实用英语。头一个问她的就是什么是You bet？裴蒂讲得很清楚，这是一句美国中西部常用的话，意思是：你可以打赌，我领受到了你的善意。又举了几个例子，要我想出三组对话，可以用得上You bet。在课堂上听到一个词儿叫Snow job（令人迷惑），我弄不清楚说成了Blow job，裴蒂小姐听了立刻脸红起来，哧哧地低首而笑，笑了好半天，她的那种表情特别好看。

倾听她的窃窃私语，是一种无上的享受：面前的人双目深邃，脸颊略显消瘦，头发是淡淡的金黄色，为了怕吵到别人，我们有时把头凑得很近，压低了声音说话。不时嗅到她头发特有的气味，醉人，感受到说不出来的吸引力！

这幅景象当然逃不过经常去参考室看报纸的同学们，渐渐传出话来：王某某和参考部的那位讲话时，两个脑袋快碰上啦！在此地就读了三年的坏学生古巴黄，笑我已经爱上那个“老处女”了！裴蒂哪里老，她只是比我们成熟一些而已。

某星期天中午，裴蒂驾车带我在Rolla的一个小湖边野餐，那是个美国风味十足的活动。曾在西门町看了两遍好莱坞的名片：《野宴》(*Picnic*)，威廉·赫顿（William Holden)、金露华（Kim Novak）主演，黄宗霑（James Wong Howe）是该片摄影指导，当时简直爱死了这部电影，感叹美国人真会玩。我们二人的野宴没那么热闹，女主角不如金露华美艳动人，我又只是个穷留学生。Rolla不知名的小湖畔，游人稀少，四周静悄悄的，裴蒂带来的三明治，是用没有面包皮的面包夹小黄瓜，味道清淡。

喝着可口可乐，专心地听她说在Rolla密苏里成长的故事：父母是爱尔兰移民，笃信天主教，可是到了她这一代，宗教热诚就远远不如上一代。她中学毕业就在这所大学的图书馆工作，调到参考部也有十年了。我斗胆问：为什么没有结婚呢？她淡淡地笑着轻声说：

“还在等候那位Mr. Right出现。喂，快说说你的故事给我听！”

我努力组织英语句子，希望能尽量正确、比较自然地讲明白自己的过去：向往美利坚合众国多年，也有个庸俗的美国梦；在这里拿到学位，找一份稳定的工作，薪水最好高一点，买栋房子，结婚生小孩，最好是一儿一女。

她半躺在草地上，侧着身子，略带微笑地听我慢慢地挣扎着用英语说完了。她说：

“你的美国梦很快就会实现的，我对你有信心。”

我注意到她扬起眉毛来时，额头上有两道颇深的抬头纹。

美国中西部的秋天短，稍不注意阳光就弱了下来，她问我：“你还想去哪里看看？”

我说：“前几天看懂了一段电视笑话：一个男孩子邀请女孩去他家玩，女孩说：我不能去你家，因为我妈妈会担心。男孩说：那么我去你家好了，还是让我妈妈担心吧！”

裴蒂低下头，她的笑容妩媚，我紧紧地握了一下她的手。

蒙古兄公布我的罪状：“勾引虎年番女，有辱斯文。”

“马共”介绍我看闲书

一切上了轨道，选修的几门课听讲基本OK，了解教授的要求，没出现什么特别的困难，几次小考的成绩也堪称满意，只比同班的几个印度哥们儿差一点。

有时在参考室值班闷得发慌，就找些书报杂志来看。首先引人注目的是中国大陆的《人民画报》，封面彩色土土的，多数已过期半年。简体字，报道的内容多是大陆的建设、生产成果，领导人向群众挥手等，文章中的用语和台湾很不一样，随手翻看满足一下好奇心，然后跟台湾同学们闲聊时显一显自己刚读到的新知。

自此在参考室阅读有关中国大陆的英文书报杂志成了我的嗜好，读到了一鳞半爪的消息，便在台湾同学前略作讲解分析，不久后大家称我为：中共问题专家。其实小戴才是这方面的真正专家呢！

华裔马来西亚公民小戴来自吉隆坡，在堪萨斯大学拿到学士学位，来到密苏里矿冶大学攻读电机硕士。他在吉隆坡读华文中学毕业，英语又是他的第一语言，所以小戴的中英文俱佳，还精通马来语。

别看小戴的身材瘦小，他在堪萨斯大学时，是该校羽毛球校队主将。我看过他练羽毛球，前后跨步的幅度大，挥拍扣球的威力猛，仰身吊球的落点飘忽，可谓身手矫捷。他很谦虚地说，自己这两下子在马来西亚、印尼真的很普通，美国没什么人玩羽毛球，所以到了堪萨斯大学被发掘当上校队主将，比赛碰上其他学校的选手，多数也是东南亚来的外国学生，想赢球真的很不容易。我们这间矿冶大学规模太小，没有羽毛球项目，他说这样太好了，堪萨斯的校队教练每天逼他练球，累到每一根肌肉都在酸痛，看一下书就困得眼睛睁不开来。

聊起中共领导人来，小戴动辄称他们为毛泽东同志、朱德同志等等，台湾来的留学生听了就觉得特别怪。

小戴从没有去过中国大陆，但是他来美国四年多了，而且吉隆坡和台湾不一样，那边可以读到不少的中国大陆报道。他在这方面知道得挺多，我们二人谈中国大陆很投契，小戴告诉我：

“有一本书是经典：*Red Star Over China*（《西行漫记》），非读不可。这本书太有名了，传播很广。马来西亚共产党领袖陈平，某次接受记者访问的时候说过：我们没有接受过正规马列主义理论的训练，但是都看过斯诺先生的《西行漫记》，这本书一直鼓舞着我们，革命事业才得以坚持下去。”

之后小戴的绰号是“马来西亚共产党”，简称“马共”。

《西行漫记》：作者艾德加·斯诺（Edgar Snow）。斯诺先生是密苏里人，毕业于密苏里大学新闻系。他很早就去了中国，1936年穿越国民党军队的防线，前往陕西省的延安地区，那时中共红军辗转二万五千里，刚刚结束了长征，就在延安建立根据地。

突然来了一位西方记者，中共待之如上宾。斯诺在延安住了五个多月，与当时重要的中共领导人做过深入访谈，包括毛泽东、周恩来、叶剑英、朱德等，同时他也记下与他共同生活的

“红小鬼”等普通士兵的种种。他还参与红军的每日行动，随着军事局势变化，翻山越岭去了不少陕西黄土高原上的军事据点。

斯诺是一位杰出的作家，文笔流畅，叙述所见所闻画面感极强，顷刻就把读者带到书中情境里去，文章的结构与情节引人入胜，我看得爱不释手。当时自己的英文阅读能力尚有待加强，忙着翻字典查生字埋首继续读，数日内就将厚厚的一本书读完。

斯诺原本是一位社会主义信徒，政治立场倾向于共产主义。《西行漫记》一书对中国共产党大致都给予正面的评价。在他记述周恩来的篇章中，配有几张黑白照片，周先生英挺地站立在高处，右手臂略略弯曲，自然地握拳横放在腹部，模样帅到不行，是一位风度翩翩的偶像人物。斯诺在书中说明，周领导人骑马行走山路时发生意外，摔伤右臂，因为正在逃离国民党军队的追杀，没有得到妥善治疗，他的右臂自此无法伸直。

1937年《西行漫记》一书在美国出版，立即成为全世界的畅销书。当时的西方新闻界，一向正面报道国民党的种种，将中国共产党定位为叛乱集团。斯诺亲身到了延安，与长征后的中共部队，在窑洞里同甘共苦快半年的时光，记述每日的生活经历。他的第一手访问记录，人物多样化，巨细无遗地叙述一些西方读者完全陌生的人、事物与环境，内容生动活泼，趣味性强，再加上珍贵的实地摄影，自然引人入胜。

自此斯诺先生从中国发出的任何文章与照片，西方新闻刊物无不争相刊登。虽然他的政治立场明显地同情，甚至于赞同中国共产党，不符合西方的主流政治立场，但是他仍被公认为当时极重要的中共专家。某西方评论家说：

“用笔和照相机，这位记者（斯诺）为世界呈现了中国共产党和人民解放军的公平、真实形象，他们的装备落后，却英勇地在前线为全国解放而战斗。”

斯诺认为：毛泽东的主张，在占有全中国很大面积的农村地区中，获得民众广泛的支持，中共是一股难以对付的爱国抗日力量，他们不是蒋介石口中所说的“匪徒”。斯诺预言：中国共产党的领导人和他们掌握的游击战术，必定会赢得与国民党的内战。

又找到另外一本书：《中国的战歌》，作者艾格妮丝·史沫特莱女士（*The Battle Hymn of China*, by Agnes Smedley）。史沫特莱是具有印第安人血统的美国密苏里州人，天生的革命者，自幼就在家乡参加工会反对资本家剥削的斗争，传说她是苏联共产党委派的间谍。一九三〇年代两家欧洲左派报纸派史沫特莱任驻中国通讯员，她是当时居住在中国时间最久的西方记者。

1936年12月发生“西安事变”，张学良扣押了蒋介石，史沫特莱在西安每日以英语报道实时新闻。1937年她访问八路军，与某支中共部队一同生活了一段时日，她热爱这个部队的一切，认同中国共产党的目标。史沫特莱也曾申请加入中国共产党，但是毛泽东与周恩来委婉地告诉她，如果留在党外她能够为中共做更多的事，史沫特莱当场伤心到失声痛哭起来，数日不能平复。

《中国的战歌》这本书于1944年出版，也获得广大西方读者的瞩目。它更是毫无隐晦地赞扬人民解放军，推崇中国共产党是中国未来的希望，她写道：

> 中国人民是伟大的，作为一个通讯员我只在这里忠实地、没有贬低或夸大地向全世界报道，中国人民在伟大中国共产党的领导之下，进行着一场正义的战争。……红军燃起了人

民的希望，获得人民的信任与感情，肯定将成为胜利者。

从小就接受国民党教育的我，早深深体会到国民党的政治宣传，其中多有不可明说的隐私，可信度十分值得怀疑。读完了《西行漫记》《中国的战歌》，书中许多活生生的景象，就在脑中盘桓不去，一时陷入深度的震惊：斯诺先生与史沫特莱女士说的都是实话吗？或许至少他们叙述的某一部分有其真实性？

“马共”要我快去读一本刚刚运到参考室的新书：《我的前半生》，作者溥仪。他说：“这是一本中国末代皇帝的自传，其中最有意思的部分是二战结束，溥仪被俘虏之后，在辽宁省某监狱接受改造，这位失势的逊位帝王，从高傲自大的虚无妄想中，一步步走入现实，转变成了有用的普通市民。只有在社会主义国家里，才可能发生这样的奇迹。”

听他说了这么一套话，我越发怀疑小戴莫非真的是一个加入组织的“马共”？

《我的前半生》是一本迷人的书，看得我放不下来。虽然它的英文翻译比较刻板缺乏文采，还是可以从中感觉到溥仪在口述自己的故事时，肯定是操着一口京片子娓娓道来，个中带出来他独具的幽默感。幼年的溥仪幽居在皇宫内，走不出紫禁城，与外世隔绝，有国学大师陈宝琛、英国老师庄士敦教导他中西方的学识，颇为宁静地在宫中做皇帝；皇城之外则是众军阀争地盘，长年恶斗，民不聊生。溥仪写他少年时期的回忆，读起来自然而有趣，极具特色，充分显示出他天真活泼的一面。

他刚学会骑脚踏车，就在皇宫里骑来骑去，见到桥头有个人对他毕恭毕敬的，溥仪就封他为“镇桥侯”，此人立即叩头谢恩。不久这个人去内务府讨官做，说皇上的话就是圣旨，赶快封他做侯爵。宫里装上电话，当年那可是个新鲜东西。溥仪翻看电话簿，找到胡适的名字，就拨了电话过去；通话后胡博士吃了一惊，称呼他“皇上”。小皇上约胡博士来宫里看他，某日胡适真的单身来访，他们谈了许久，溥仪表示自己很想出国读书，胡博士再三地鼓励他。

冯玉祥率军进北京，将清廷皇族一律赶出宫外，溥仪和家人住在天津的外国租借区。离开北京的日子一日不如一日，他们从来不放弃恢复大清王朝的梦想。日本在东北成立伪满洲国，溥仪接受安排登上了大位。但是这个伪满洲国完全不是溥仪和清廷遗老心目中的大清王朝，备受屈辱的傀儡皇帝做得非常痛苦。第二次世界大战后，溥仪逃亡被捕，在监狱中长年接受教育改造，五十年代末期释放，充任园丁的工作。

阅读这部末代皇帝回忆录，多次掩卷沉思：溥仪身不由己，自幼就是一颗被各方政治野心家摆弄的棋子，大时代的牺牲品；起伏跌宕的人生过程，惊险重重，无奈无助，受尽摆布欺压凌辱。以他的经历来透视中国近代史，赤裸裸地揭发了许多真相，残酷无情的帝国主义统治者，心狠手辣，溥仪与伪满洲国的老百姓，都在痛苦与死亡边缘上挣扎着过日子。

读后最想做的事：将这本内容丰富的好书，拍成一部规模浩大的历史剧影片，让后人了解前个时代人所经历过的千辛万苦。这个梦想长年在我的脑海中盘桓不去。

后记

一、1971年我在美国积极参加“保钓运动”，“保钓0团”受邀私访中国大陆，五名团员皆来自台湾，我忝列其一。访问期间获特别通知，安排好了会见某位重要领导人。步入北京人民大会堂的新疆厅，国务院总理周恩来先生在门首欢迎我们。我是团员中走在最后的一人，握住偶像周总理的右手，注意到他的右臂略略弯曲，心中有抑制不住的激动。

二、1983年我住在北京饭店东楼，同一层楼有几个欧洲中年男子，每天慌慌张张地出出进进，打招呼相识后知道，他们是意大利导演贝托鲁奇（Bernardo Bertolucci）率领的筹备小组。贝托鲁奇正和北京电影制片厂商谈拍摄《末代皇帝》的合同，他根据溥仪的回忆录《我的前半生》撰写剧本。导演很惊讶我怎么知道那么多溥仪的事，当然啰，我还认识溥仪老师陈宝琛的六儿子呢！他把剧本第三稿给我看，这可有的聊了，我提出多项建议，他认为不错，但是剧本要赶快定案，以后再说吧！最后合同谈成，签约之夜贝托鲁奇请大家痛饮茅台酒，一直闹到深夜。

《末代皇帝》获得1987年奥斯卡九项金像奖，自此贝托鲁奇迈入他电影事业的巅峰期。

在美国过节、唱大鼓

此地的老美教授不打混，认真讲课掌握进度，作业和大小考试不断，尽管死命K书，还是有些穷于应付，勉强才能跟上。“书到用时方恨少”，恨只恨四年台大生涯没好好用功夫，到如今报应来了，只落得个夙夜匪懈苦读不休。

11月的第四个星期四是美国的“感恩节”(Thanksgiving Day)，机关学校索性就从星期四开始，放假四天。矿冶大学的某宗教团体在前一个星期日为国际学生举办茶会。混吃混喝的事儿最吸引人，现场参加的人不少。主持茶会的牧师很幽默，他对一屋子的国际学生说：

“有位土耳其同学问我：你们过感恩节为什么要吃土耳其呢?”

全场大笑起来，真是耶，英语的“火鸡”和“土耳其”是一个词。

牧师说：“过感恩节吃火鸡是因为火鸡身上的肉多，杀一只火鸡才够一大家子人吃的。在这个节日你还见到很多南瓜，火鸡大餐上有南瓜，甜点是南瓜饼（pumpkin pie），还有滚南瓜比赛。那是因为秋收的南瓜太丰盛了，鬼节（Halloween，10月31日）大家拿南瓜做成鬼头灯，可是南瓜还剩下很多，所以要在感恩节把它们都处理了。”

听来都是实话，他接着说：

“有位国际学生老是把‘厨房’（kitchen）和‘鸡’（chicken）混淆不清，经常说错，怎么办？我告诉他厨房这个字的头两个字母是ki，它代表的字是‘杀’，kill；鸡的头三个字母是chi，它是‘吓到发冷’，chill的缩写，鸡进了厨房肯定挨刀，当然会打寒战。可是那学生听完了一脸茫然，更加糊涂，所以我不适合当语文教师。”

然后牧师告诉大家美国感恩节的来历：秋季丰收之后，感谢仁慈上帝赐予的恩宠，等等；感谢的对象和事物很多，他还说：

“感谢印第安人留给我们这么好的土地。”

这番话听起来别扭，历史有明文记载：英国和欧洲其他的白种人在美洲殖民，凭着先进武器屠杀数以千万计的印第安人，夺得大片土地建立美利坚合众国。好莱坞的西部片英雄，以屠杀印第安人为荣耀和成就。这位牧师怎么感谢起印第安人来了？嗐，来这儿接受招待，人家说什么就听着吧！

电机系的几个台湾同学都有机会吃感恩节大餐了。教电子通讯的劳勃·白顿（Robert Betten）教授，认为班上的每个台湾学生表现得都不错，就请我们一起去他家度感恩节。

白教授年轻，自爱荷华大学得到博士学位后就来本校任教。

白顿夫人忙着准备丰盛的晚餐，小女儿刚会走，在客厅内上上下下地捣乱。逗小孩不受文化或语言的限制，几分钟后，这位名叫芭芭拉的小姑娘就爬到我身上来了。

一只烤成黑褐色的大火鸡，油渍渍地从烤箱中取出来，白教授手持巨型刀叉解剖，颇壮观。大块的白火鸡肉没味道，得蘸着酱料吃；酥酥脆脆的火鸡皮，配上南瓜泥，可算是一种美味；蔓越莓果冻（cranberry jello）颜色漂亮也不太甜，最是可口。

以英语随兴交谈是个考验。那时小顾的英语会话水平比较高，就见他谈笑风生，不时运用美国中西部惯用的话：Oops、Gee、What do you know、You bet、Holy smoke，等等。座中同学老韩，绰号单字先生，无论是说中文或英文，多以单字为主：好、对、绝！平素讲话措辞缓慢。只见他一字一字问个有关白教授女儿的问题：

“Does she drink her mother’s milk?（她喝她母亲的奶吗？）”

这个问题也无可厚非，但是老韩为了能更确切地表情达意，经常做出手势来帮忙。他在说“母奶”时，把手掌撑开模拟出乳房的形状，略略扣向自己的胸前。

事后我们批判老韩，指他的动作和语言不雅，有欠妥当。老韩不以为然，他说：“乳房就是那个样子，而且它长在胸部呀！”

对噢！他的话言之有理，是我们的思路不正。

紧接着来的是圣诞节、除夕、元旦假期，学校放长假。古巴黄、“马共”他们在美国好几年了，经验丰富，及早就做好离开学校去他处度假的安排，哪里都去不了的，大概只剩下像我们这样穷兮兮的留学生。“马共”临行前频频叮嘱：

“圣诞假期什么店铺都不营业，此地有如鬼城。圣诞夜之前要买足了吃的和用的。”

我们抢购了足够的面包、西红柿、马铃薯、便宜牛骨头等，一连几天室友们吃大锅煮的罗宋汤度日。好长一段时间，不用每天紧张地K书，觉得生活太悠闲，有点不太习惯。

闲来无事，台湾同学们彼此串门子，有一位同学知识丰富、能说会道、谈笑风生，而且常做权威性的谈话，我们一致尊称他为“学长”。学长比我们大好几岁，台湾法商学院毕业，来到美国之后决定改读工科；在那个时代获得美国理工科学位的毕业生，找工作容易而且薪资高。

学长经常批评我们的英文程度欠佳，也确实如此，台湾理工科毕业生哪里有什么英文基础？学长原来学的是西洋法，又在美国住了三年多，各方面都比我们知道的多得多，常常因材施教，令人受益匪浅。

他有句口头语：

“赶有空了，我关上门教你们三年。”

你听听，他说这句话用了个“赶”字，透露出我们学长讲的是一口京片子。他的传统文化造诣颇深，《三国演义》《红楼梦》《金瓶梅》等传统文学中的诗句、段落，他能随手拈来，说得丰富、精彩、传神；有关京戏的流派唱腔，诸大名角的梨园往事，近代史人物的来来去去，就如数家珍一般地一件件话说从头。学长除了指导我们的英文之外，也讲了很多书本上学不到的东西，更纠正我们的中文表达方式，他说：

“听你们说话我觉得别扭，不是口音的问题，是个人都有口音，那不碍事。可是有人说：‘我有吃过啦！’‘他是很幸福的。’这都叫什么话嘛！”

“说‘我有吃过’怎么不对呢？”有人问。

“嗐！中文没有verb to have这个东西，I have eaten翻成中文就是‘我吃过了’，更简单点儿：‘我吃了。’咱们的语言也没有verb to be，He is very happy 换成中文就是‘他很幸福’，用不着塞进去‘是’‘的’那些废字儿！”

然后他感叹：“唉！中文是多么美的语文，怎么可以这个样子被糟蹋，咱们的语文灭亡就在不远。”

同学们在圣诞节长假期间轮番请客，聚在一块儿消耗掉几瓶洋酒自是难免，喝多了面红耳赤，胡说八道之余就有人忍不住要展现一下表演才华，扯起嗓子来唱流行歌曲的最常见，多数就应了白居易《琵琶行》里的那一句：呕哑嘲哳难为听！反正大家都已喝得晕头转向，基本上是一场胡闹。

余兴压轴节目一定是请学长唱一段京韵大鼓，这可是他的绝活儿，要是心情好的话，学长会应观众的央求随兴来上一段。他曾经学过京韵大鼓之王刘宝全的三国段子：《华容道》《长坂坡》《击鼓骂曹》等。学长的嗓音苍劲，低音共振强，高腔有金石之声，唱起来韵味十足。因为是清唱，锣鼓都没有，学长一边唱曲子一边嘴巴也不闲着，抽空作出伴奏的音响来，真是功夫俱足，一段唱完，掌声与喝彩声不绝于耳。

其实在台湾长大的同学们，很少有人接触过这种北方曲艺，听个热闹而已。大概只有我对京韵大鼓还算略有涉猎：小时候父亲曾带我去听过台湾京韵大鼓大师章翠凤的演唱，爸爸说京韵大鼓应当流行起来，因为它的唱腔设计暗中符合四声发音。

我特别喜欢《华容道》这个段子，讲述赤壁之战曹操兵败逃走，在华容道遇上关羽的伏兵，关二爷公私不分，念起旧情来居然把曹孟德放走了。开场的几句唱词要言不烦，用字典雅，几句话清楚交代了三国赤壁之战的人、事、物，学长铿锵有力地唱起来，实在动听。趁着圣诞假日有些空闲，我就在一边偷偷地学着唱。这事也瞒不住众室友，“低级王子”他们纷纷传话：我们这里也有人会唱大鼓了！

某次聚会，大伙儿又喝得有点过量，就怂恿我当场唱大鼓，不由得就老着脸皮唱起来，当然比学长真材实料的功夫差得很远。学长听完特别高兴，怎么没注意就跑出来个徒弟？之后他花时间认真地教我怎么唱：如何运用丹田之气，吐字发音时唇舌与牙齿的位置，动作表情手势的拿捏……这里面的学问太大了，我哪里学得全呢？

然而我那时确实认真地练了一段时间，时隔多年我仍然记得这段唱词：

三国纷纷乱兵交，四外里狼烟滚滚动枪刀。

周公瑾定下一条火攻的计，诸葛亮他借东风就把曹操的战船烧。

赤壁鏖兵，曹操败了，孔明派兵前去挡曹，他把四处的兵马全派好，关公在帐下皱了眉梢，说：这样的军情不派某，你是明明白白把关某瞧薄！

不但如此，若是趁着酒兴，不嫌弃的话，在下不需鼓点子和管弦乐器伴奏，就能为您伺候这一段。

后记

1984年，我组成美国摄制队，赴大陆拍摄剧情片《北京故事》。张恨水先生的公子张伍建议：何不以京韵大鼓贯穿这部影片？到天津拜见骆玉笙大师，听她演唱了《击鼓骂曹》，当场为之折服，感动到五体投地。骆老师现身投入，饰演北京当地的大鼓艺人，与乐队在小戏园子中演唱。那年她七十岁，身子骨还挺硬朗，艺术造诣正值巅峰状态；除了醉人的演唱之外，还拍了一段她双手持鼓槌，演奏《夜深沉》乐曲，震撼人心。这段京韵大鼓在影片中占有非常显著的地位，除了在小戏院的表演，电影的结尾用了整段《击鼓骂曹》之大鼓，直到最后一秒钟。

多年后读到骆玉笙大师的口述回忆录，说起她在《北京故事》中的演出，说使得世界各地中外观众能欣赏到传统大鼓艺术，她觉得特别开心。

我屡屡想起Rolla Missouri的学长，是他开了我的窍，用心学习欣赏京韵大鼓；这是一门珍贵、精致、钻研愈深愈会迷死人的传统艺术。

1984年在天津，与骆玉笙老师合影

验收成绩，对得起列祖列宗

第一学期选的四门课：微波理论、电子通讯、电子计算机和数字分析。

在台大读过微波学，基本上有些概念，也还记得少许。但是小顾警告大家，上学期他选修了“微波”，那位斯基泰克教授（Prof. Skitek）很难缠，他注重点名，所以千万别缺课迟到，否则会被扣分。此人讲课方式古板，出的考试题目相当刁钻古怪。他用心预备好了教材，然后一板一眼地在黑板上演算公式，得到最终结果时，便很有成就感，得意地站在讲台上露齿微笑。某次斯基泰克教授正露齿微笑时，我们台大电机系的顾资优生举手发问：

“What is the physical significance of this formula you

just derived?（你刚才导出来的公式，它的物理意义是什么?)”

教授答不出，脸红脖子粗了半天才迸出一句话来：

“You just pinned me down too much.（你刁难我的太过分了。)”

想来当时小顾在座中笑得甚为得意。

从教授的立场来看，班上有这种学生实在令人头痛，之后他对小顾就不大理睬了。不过斯基泰克先生还算公平公正，学期结束小顾的成绩是A+。

我勤勤恳恳地上“微波学”，用心听讲，哪里敢乱发问，也没那个水平问出小顾那种吓死人的问题来。斯基泰克教授的语言生动，不时说着美国中西部人常用的俚语俗语，他认为标准美国腔就是中西部口音，波士顿、得克萨斯州那些地方人讲话，皆非正宗。我听了一个学期斯基泰克的密苏里腔调，觉得自己的英语也跟着进步，发音蛮正的。

按时交作业，大小考试都还能应付，顺利拿到不错的成绩。

“电子通讯”更无问题，白顿教授对台湾留学生有偏爱，认为我们一律优秀，真是天晓得！白顿教授的资历较浅，大概是初次教这门课，教材前后颠倒进程紊乱，出的考题不难。大家都颇具信心，觉得有希望在他这门课拿到好成绩。白顿教授平易近人，嘻嘻哈哈地乱开玩笑，与同学们打成一片。有一次某个美国同学问他：

“白顿教授，这门课你准备给几个A呢?”

哪里知道白顿教授脸色一变，怒气冲冲地回答：

“这个问题就像问‘你有几个爸爸’一样无法答复，因为除了生父我可能还有继父、岳父，天主教堂里还有许多神父。”(英语称教堂神父也用father这个字。)

白顿教授随之大发议论，认为评鉴分数纯属教授的职权范围，做学生的无权干涉，甚至于连问都是多余的！自此同学们不敢掉以轻心，小心翼翼地上白顿教授的课。学期终了，“电子通讯”几乎有一半同学得了A。

Computer（电子计算机）是六十年代的新产物，当红的热门玩意儿。这门课从卜连代数（Boolean Algebra）学起，它是个别开生面的新数学，挺好玩的，大家学起来积极性很高。

唯独这个“数字分析”，课程编号EE318，又是何方神圣呢？而且3字头的课属于大学部必修，进了研究所为什么还要上大学部的课程？

EE318的教师名迺尔逊，年轻，讲课的节奏快，头一堂课他开宗明义地说：

“我来教你们写Fortran Ⅱ语言，学会如何与IBM1620计算机打交道，它其实是个笨家伙，你必须让它真正懂得了你的意思之后才能为你所用，你们要花很多时间和这个笨家伙沟通。”

迺尔逊先生没骗人，我最初写的那两个Fortran程序，频频被计算机打退票，而且不知道错在哪里！过程非常烦琐，绞尽心机自以为是地写了程序，去计算中心排队等打卡机，打好一沓厚厚的IBM卡片，再三检查以为没错，放入计算中心属于自己的那个小方格子里。管理员按照次序将每个人的一沓卡片上机，最快要一天以后才有结果。次日怀着忐忑不安的心情去取计算机打印出来的结果和卡片，开始很多次计算机不客气地告诉你：打字错误、格式不对、一张卡片有过多指令等低级错误；之后会犯下比较高级一点的错，如逻辑有问题，计算陷入无尽循环，无法得到结果等，来来回回地跑计算中心。这个工作叫作：Program Debugging（为计算机程序找虫子）。

选EE318的学生很多，还有外系同学。因为IBM1620 Model II这种新款电子计算机刚刚在1962年推出，想学会使用它的人成群，当然是为了毕业后找工作，面试时说：我学过Fortran II，熟悉IBM1620。多藐人呀！被录用的机会为之大增。

作业繁重，每周写一个程序，计算机算出结果来才有成绩。两个星期一小考，普遍的得分都相当低，八十几分就能傲视群雄了。几个印度留学生，他们一半姓Patel，每次考的分数都高。据说印度同学在写计算机程序方面，硬是有天分。迺尔逊先生发完考卷之后，不厌其烦，把每人的分数按照高低次序写在黑板上，但不写名字，看了便知道自己排在哪里。他在头一堂课就宣布评分标准：分数高低不要计较，班上四分之一最高分的同学得A，以此类推。

我花了很多时间写 Fortran II程序，最后勉强拿了个A-，大概是迺尔逊先生一时善心大发，将几个在四分之一高分边缘上的学生，赐之以A-。这不碍事，成绩单上显示出来的就是A，那个减号不会出现的。

圣诞节假期过去，马上进入期末考，一个学期也就这么过去了。这辈子从没有这么用功过，四门课有三门结结实实地得了A，连最头疼的“数字分析”也勉强凑合得了个A−。

后记

1980年，我在乔治·梅森大学（George Mason Univ.）工学院教书，系主任派给我一门课：Numerical Analysis（数字分析），当时的计算机语言已进化到Fortran IV，使用的计算机自然更快、更新。

找出来Rolla的老笔记本、作业本，复习了一遍，然后在课堂上手到擒来地教这门课，基本上就教当年迺尔逊老师的那一套，再加上点新东西。曾经被老迺狠狠地折磨过，全身而退，方才有此时的从容自在！

第二个学期便驾轻就熟得多了。那个年月半导体刚刚兴起，大家都盼望学基础半导体（Basic Semiconductor Theory），但是苦于这个新成立的电机研究所，师资有待加强，研究所开不出半导体的课程来。要抓紧时间凑足毕业学分，可供选择的课程有限，不得已选了“电路合成”(Network Synthesis)。

哇！痛苦。教授是位五十多岁的老先生名哈登，刚从佛罗里达某州立大学得到博士学位，美国南方口音深重，讲课照本宣科，听不出什么重点来。

这里头有学问吗？我觉得即便有，学问也不大。奇怪了，我这么一个半瓶子醋，凭哪一点敢说出如此狂妄的话来？但是那时候不知道是从何而来的自信，认为“电路合成”无非是演算数学公式，再将之凑成相应的电路。全凭运气，运气不来电路也就合成不了！

既然对这门课存有些许藐视之心，又如何能好好地学习呢？从前在台大鬼混的故态，便又复萌起来：不认真听讲，作业拖拉迟交，考试临时抱佛脚。老哈登对我的印象不好，学期过了一半，心生警惕，生怕他赏我一个C。研究生的成绩至少得是B，闹了个C就等于当掉了，非同小可。

于是我察言观色，上哈登老家伙的课早几分钟到，坐在第一排，露出专心听讲的表情，点头、做恍然大悟状，下课又问几个基础的无聊问题等等；老家伙对我的态度开始有大幅度缓和。学期结束，“电路合成”的成绩是B的后面带两个减号，哈登教授不情不愿地勉强让我惊险过关。两个学期选八门课，得了七个

A，这辈子的成绩从没这么辉煌过，对得起列祖列宗了吧！

暑假回台湾探亲？想都不用想，没那个预算。当时的台湾留学生，都是穷到有上顿没下顿的，暑假人人急着去打工。去哪儿打工呢？纽约市是首选，人口密集，机会最多。上好的活儿是在纽约市近郊犹太人度假区当一个暑假的跑堂，端盘子说奉承话，小费最多；其次是去高级旅馆刷锅子，待遇也不错，都是时间长、大量消耗体力的苦差事。这些工作竞争非常激烈，必须及早去纽约地区抢先卡位。

女朋友在纽约地区读书，暑期就在她就读的大学计算机中心打卡。她打起IBM卡来，熟练而不出错，最近又加薪了。唉！我要是去了纽约干的是粗活（一定如此），灰头土脸窝窝囊囊地去见她，抬得起头来吗？

卜连代数的教授第一天上课时说：“我们只在玩0与1的游戏，世界上所有的事都是从0到1最难，一旦有了1，发展出各种0与1的组合，全世界都是你的！”

我一直是一无所有的0，暑假能找得到我的头一个1吗？

那年暑假我们在洛杉矶

大学同班好友黄华胄来信，鼓动我暑假去洛杉矶（LA），在那里可能找到电子工厂的暑期工，待遇好，每日上班八小时，也算是不离本行。黄华胄这小子到了美国混得不错，在LA某大学拿到奖学金，暑期继续在学校的原单位工作，不像我这样猴急得半死，非得赚到一些钱不可。

买了张灰狗巴士票直奔LA。在那个年代，我们都是如此仓促地做人生重大决定。深夜才找到华胄的住处，出来应门的他，一脸倦容，打着哈欠说："对哦！你信上说的是今天到。"

不算小的一间学生公寓，却几乎走不进去。沙发、地板、餐桌上都睡了人。华胄的人缘好，这都是暑假从美国各地来投奔他的台湾同学。他说："我的学期还没结束，明天一早有一门考试，你自己找地方睡下好了。”

哎呀！哪里有躺下去的地方。在浴室用凉水扑了扑脸，精神为之一振。老浴缸有点生锈，把浴缸擦干，放两只沙发垫子就在这里凑合一晚吧！近二十小时的长途汽车很累人，一下子就睡着了。

梦见热带雨林，雨水淅淅沥沥地淋下来。有人大叫，我睁开眼，面前站着个赤条条的汉子。这老兄要上早班，闭着眼打开龙头放水，脱衣就要跳进来冲澡，没看见浴缸里还睡着一个人。

这是在LA的第一个遭遇。黄华胄说是好兆头，遇水则发，我在LA将满载而归。有哪家电子工厂找暑期工呀？老黄也不知道，他曾听朋友聊起这件事，所以在信中和我提了一句。哎哟！我可是认真来LA赚钱的，没钱下个学期也不用念书了，下学期再修六个学分加一篇论文，就等着拿硕士学位。华胄耸耸肩膀说：

“钱一定赚得到，至不济还可以去餐馆打工，辛苦一点就是了。”

台大电机系的同班同学李兆泰也刚到，和我打着同样的算盘：这个暑假必须在此地挣足了下个学期的开销。我们疯狂翻看LA时报分类广告，以结巴的英语打电话求职。绝大多数的回答是：先寄简历过来，合适的话再联络。一连几天，毫无进展。我和小李商量，这也不是办法，连一个面试机会都没有，就在华胄这里白吃白住的，很过意不去，也不是个道理，不如继续在报纸上找工厂工作，同时也去餐馆干活，这样还有点收入。

LA唐人街餐馆林立，去餐馆打工还得经过介绍所推荐。那个经纪人自称是律师，一口广东英语，拿起电话来和餐馆联系，说的是台山话，发音中总带有H、D、Th的音。交了十块钱订金，马上派我和小李去某华人餐馆报到。餐馆老板打量着我们两个，大概不很满意，还是勉强接受了。身体较瘦弱的小李在外场当busboy，我进厨房洗盘子。一班至少做十二小时，工资十元。

洗盘区域有两个大水槽，一个水槽的水呈深绿色，气味浓重到呛鼻子，因为里面倒进去好几罐去油垢绿色化学粉剂。撤下来的盘碗先在绿水池中浸泡，再一一取出放入旁边的清水槽（不怎么清，因为根本不换水），不断擦洗，洗毕晾在碗架子上片刻，积了数十只洗好的盘碗，就搬进大厨房去。

老板叮嘱，不准戴手套，那样子洗不干净，而且容易失手，打碎了盘碗从工资里扣。工作单纯，但是量非常大，前场用过的脏盘子脏碗川流不息地运过来，总听见厨房里有人以广东话大声咒骂：

“丢渠老母，盘仔又冇得用了！”

洗碗的还有一位中年白人，体格结实，闷头干活。得空就抽一根烟，他口齿不清地老讲一件事，听到第三遍才听懂是在讲他的性经验，说到激动处，这老兄就握拳朝上一举，肥皂泡飙到高处。我猜他是个弱智病患，但是他干活比我快得多了。

工作完毕，回到住处躺下来，十个手指甲都在隐隐作痛。双手浸在有强腐蚀性的水中一天，十只指甲盖都泡软了，再下去可能会一一脱落。这十块钱赚得好辛苦，我想自己不是个洗碗工的料，一分钟便入睡。

醒来已是上午十时，黄华胄留下字条：×× 公司回电，要你快去见他们。啊哈！终于拨云见日，好不容易等来一个面试的机会。我对小李说："替我请个假，今天不能去那家餐馆了。"

小李的表情有点失落。

那家公司暑期急需几名绘图员，待遇还算合理，应征者先要通过简单的考试。唉！我的现世报应到了，在台大从没有好好上工程画图这门课，尽忙着和同学聊天讲荤素笑话了。现在用心画这张图却力不从心，毛毛躁躁地又擦又改，自己看着都恶心。那位经理看了我画的图，木然地说："我们会通知你。"

心中就知道这事肯定泡汤了。

进门之后，发现小李已经回来了。他告诉我，因为今天是他一个人去，老板派他洗盘子。端着一堆盘碗去大厨房，地太滑一个失足，数十只盘子砸了个粉碎，就听见连珠炮般的广东粗口齐发，小李当场被炒了鱿鱼。我顿时有"我不杀伯仁"的愧疚感。

记得在班上小李的工程图画得很棒，我跳起来大叫：

"你去一定成！快打这个电话，他们急着找人，说不定马上就能过去面试。考试很容易，就画一幅简单的图。"

小李应试成功，一个暑假就在那家公司画图，待遇中上，每周还有一天或半天的加班，秋季返校，他的荷包应该相当充裕了。

我继续求职。《大英百科全书》征求推销员，免费训练一星期。我赶快去报名，上头一堂课就知道来错了地方。他们不给薪水，卖一部抽成若干，每日要扛着百科全书，开车沿门兜售，我不但没车，驾驶执照也还没考过呢！

有一次面试相当成功，那位经理当场告诉我我被录取了，明天就来上班。但是先讲清楚，这是一份正式工作，不能干一个暑假就离职回学校。当晚我睡不着觉，左思右想，来美国是为了读学位，再一个学期就拿到硕士，总不能半途而废吧！但是拿了硕士也不见得有工作，如果在LA有个固定职位，先赚起钱来也不错。LA的各大学电机研究所很多，找个学校转学，慢慢每学期修三个学分之类的，迟早也能完成学业。但是我又想起来大兄的朋友张烂人，他一直在某大餐馆工作，已是一位调鸡尾酒、泡意大利咖啡的高手，收入特别丰厚。一心难以二用，他的硕士读了许多年不见消息。

内心挣扎不已，一晚上没睡着，第二天早上打电话说了实话，暑假后我还要回密苏里读书，谢谢您的赏识。

事后华胄骂我蠢，如此大事也不同他商量。他的意思是：何不先上那个班再说，做一天就有一天的工资，你一定可以学到不少东西，暑假过后想离职又有什么困难，你就出个不大不小的纰漏，引咎辞职，岂不是两全其美？说得对哟！我的思路确实欠灵活。

再找不到工作，就得写信向老哥借钱了，那样实在太泄气，不能够丢这个脸。有位学长介绍我去西餐馆打工，餐厅名“地中海”，规模很大。领班森田先生，自称在美国出生，讲的还是一口日本腔英语，他派我做busboy。这工作很单纯，以清理、收拾、布置餐桌为主，客人入座后立刻端上冰水、牛油面包等，但是有速度上的要求，动作要快，不能让顾客等待。

森田板着个脸来回巡视，看见有谁落后或摆错了刀叉，就过来说难听的话：“你从来没外出吃过饭？叉子放哪边也不懂！动作这样慢，客人花钱来看你的笨手笨脚吗？我不是雇你们来聊天的。那边有客人招手你居然看不见，是近视眼还是智商太低？……”

骂到我自尊心全失，若不是看在钱的分上，真的不甘心在西洋餐馆中饱受东洋气。

“地中海”有不少资深女招待，她们爱吃我们这几个小公鸡的豆腐，一律以Honey“蜜糖”来称呼我们。有的出手大方，下班前会塞五块钱小费在我口袋里。一天下来，我的收入还算可以。

其他的Busboy多是来自东欧的小伙子，手脚麻利但是英文不灵光，沟通上有些吃力，但相处愉快，工作上能互相支援。他们盲目崇拜苏联，认为伏特加是世上最好的酒，苏联货都是一流的。

有位保加利亚老哥名李察，要大家称他为李卡朵夫。发现我的英文名字是Peter Wang之后，便深深不以为然，为我改名为：彼得罗斯基·王格诺夫（Petrosky Wangenov）。李卡朵夫的个子不高，穿一双厚重的军靴，脚步声响亮，挺威风。他告诉我穿这种靴子站着或走路一整天也不会累，当然是苏联产品。一次有位顾客嫌牛排太老，要换一份五分熟的。我端着牛排进厨房找大厨，李卡朵夫拦住我，低声说：

“现在大厨快忙疯了，你要惹他他会杀了你。”

于是带我去一个角落，把盘中的牛排丢在地上，以大皮靴猛踩牛排数次，牛排渗出血来。再将牛排略做冲洗，放回我手中的盘子，说：“好了，五分熟。”

好景不长，我在“地中海”工作不到两个礼拜，就被森田先生开除，这也怨不得别人。某日来了一桌的客人，我熟练地端过去八杯冰水，准备一一放在每位客人的面前。一时偷懒，不想绕到桌子对面去放冰水，就弯下腰伸长右臂放冰水，左手还高举着盘子。不自觉地盘子开始倾斜，上面有一杯冰水缓缓滑行，终于翻倒，水全洒在一位美貌女士的身上，一阵惊呼、忙乱。森田冲了过来，他对我的不满都写在脸上。

我是Teledyne公司的电子技工

1963年，与好友在迪士尼乐园大门口

餐馆工作干不下去，我真的没有那分机灵劲儿，不适合从事服务业。沮丧了好几天，暗骂自己真是个百无一用的废物，那又怎的？废物也要挣钱吃饭，只有继续看报、打电话找工作。

站在街角等下一班去卡尔弗城（Culver City）的公共汽车。大LA地域辽阔，搭乘公共交通工具要有耐心。真没出息，来LA三个星期了，还在做同样的事：去偏远地区面试工作。几乎想放弃，但是放弃什么？我根本一无所有。

在公交车的最后一站下车，还要走两英里。天气闷热，走了两条街衬衫就湿透了。时间紧迫，面试的第一守则就是不能迟到。我伸出大拇指（Hitch hiking），表示要搭便车。十分钟内，五六十辆汽车飞驰而过，竟没有一辆略微减速下来，我挥汗如雨。

有喇叭声在我身后响起，一位胖哥伸出头来招呼：

“你要搭便车吗？”

我赶忙道谢，跳进他车子里。那真是一辆大破车，里面塞满了东西，角落里还有一堆压扁了的中国餐馆外卖盒子。车子行走时，里里外外就发出各种声音来。后座突然蹿出一条老狗，很友善地跳到我身上，乱嗅乱舔我的脸，真是盛情难却。胖哥说：

“鲍比喜欢你咧！你肯定是个好人。”

“哦，它叫鲍比，分得出好人和坏人？”我说。

“当然，它聪明得很。你多和它讲讲话，它会更喜欢你。”

“鲍比听得懂英文？”

“每个字都懂，文法错了还会大声叫，那是在纠正你。”

“哇！那我有点不敢说英文啦！”

“你是从哪儿来的？”

胖哥健谈，短短的一段路程他说了很多，痛骂美国总统，恨透了加州州长，加州的经济就是被墨西哥移民给拖垮了，但是他喜欢亚洲人，等等。下车前同胖哥握手致谢，他噘着嘴说了句怪腔怪调的中文：“祝你好运。”

我仰望着工厂的大铁门，上面写着：Teledyne Inc。觉得身上有一股狗臊味扑鼻而来，用力拍打身上的狗毛，狗毛已结实地粘在我衣服上了。迎面走来一位体格壮硕、满脸通红、工头模样的汉子，上下打量了我一番，伸出手表示欢迎。他说着快速流利、带有西班牙口音的英语，先带领我在他的管区巡视一周，再到了办公室，略略看了我的简历，谈妥待遇，签署几份文件，他说：

“明天就来上班吧！以后叫我罗伯托（Roberto）就好，你一定可以的，我看人最准，从来没有错过。”

事情就这么定下来了，我现在是Teledyne公司的电子技术工人了。莫非是那条鲍比老狗带给我上好的狗运？

Teledyne刚拿到一笔大订单，为海军制造无线电电讯收发机，出货时间很紧迫。罗伯托负责收发报机的最后测试，需要大批技术工人，一天三班地赶进度。我立刻将这个消息传给其他台湾同学，于是在我上班后的三天内，罗伯托又雇用了好几名台湾留学生。可热闹啦！我们好几个人，都是台大、成大的电机系校友，在工厂附近租了一套公寓，结伙上下班。

这个新款式的海军电讯收发报机，主要还是用真空管做放大器，体积颇笨重。测试分好几个部分，以流水线输送收发报机，最后送到测试总站，由经验丰富的技工检测每个环节，最后的总测试都没问题之后，再运到组合部门，将它组装得漂漂亮亮的运出去。

罗伯托很提拔我，开始派我在每个不同的测试站见习一天。然后派我去测试总站工作，负责海军收发机出厂的最后检验。工资并不比其他员工高，但是能在总测试站干活，就表示此人还算行吧！每天上下班，心中踏实了。

用心地努力上班，在工作上力图表现。住处附近有个卖午餐的小店，按时买一只潜水艇三明治作为午餐。因为那儿的Cynthia是位有四分之一墨西哥血统的美女，身材脸蛋儿几乎没有缺点。和她聊得挺投契的。约出来过吗？没门儿，没有汽车什么也别想，总不能邀她和我一同轧马路。要在美国耍得开，首先得拿到驾驶执照，还得拥有一辆汽车，最好是名牌车，当然敞篷跑车最帅气！

略有温饱，便开始思淫欲，这是健康男人的自然表现吗？

某日清晨四点多，有人不停地按电铃，睡眼惺忪地开门，但见表哥杨维训偕同未婚妻孙文雪，站在门口挥手而笑。他们从西雅图开车南下，一千多英里的路程不眠不休一口气开到LA，没事先打招呼就冲到我这儿来了。

太厉害，怎么办到的？刚买了一辆新车，出来见识见识它。停车场上有一辆最新款式的深蓝色的雪佛兰四门轿车，擦洗后打蜡的车身贼亮亮的，简直藐死人啦！马力一定很强，能跑多快？还不错，在高速公路上有速度限制，超过了一小时八十英里，可能会被警察追上吃罚单。这次南下为了拼纪录减少下车时间，要在车上预备好大瓶饮用水，另外备一只空塑料桶子，以供小解。

维训表哥比我早来美国两年，人家真叫玩得转：一年就拿到硕士学位，在波音公司工作了一阵子，收入甚丰。见到他香车美人风光八面的模样，真的羡煞了一大票同侪。他已申请到斯坦福大学的奖学金，秋季入学修博士学位。他是我们的楷模。

与我同班的林武兄，只比我早来美国一个学期，暑假前已顺利毕业，在大洛杉矶地区某公司任电机工程师，刚上班就买了一辆水蓝色的雪佛兰，开着新车来找我们。黄华胄、李兆泰、黄盛昭和我，急忙围在新车前摄影留念，我把林武的车钥匙拿在手中，满足心中的虚无占有欲。乘坐林武的新车在LA高速公路上疾驶，大家齐声高喊：

“Hello U.S.A. here we come！(美国，我们来了！)”

在Teledyne一同打工的老林有句名言：

“拥有一辆凯迪拉克（Cadillac）轿车，才算真正来过美国。”

Cadillac是美国名牌豪华汽车，售价为一般汽车的数倍。上工几个星期后，老林叫大家到楼下停车场去体验一下他为大家带来的惊喜：那儿赫然停着一辆1954年的老凯迪拉克，车龄十年，车身擦得干干净净，多少钱买的？老林死不肯讲。此后老凯迪拉克成了我们上下班的交通车，幸好它没抛过锚，只是耗油量太惊人。

我们来自台湾的那一代青年人，对汽车的痴迷几乎接近病态。

有了一辆车，活动范围就扩大了许多。周末不加班，常常往LA近郊的游览地区跑。最吃不消的是迪士尼乐园，门票贵，好玩的馆永远大排长龙。头一回坐云霄飞车，根本就不得要领，全身紧绷死命抓住前面的杠子，下来之后整个人几乎虚脱。旁边的美国小男孩见到我的那副窘相，他告诉我：

“你要全身放松，才能享受到自由落体的美妙。”

到现在我还是没这个勇气再做尝试，不知道自由落体的感觉有多美妙。

大家轮流学开车，就在那个暑假我考到了加州驾驶执照。

匆匆两个多月过去，秋风一起，我们都要各奔前程返校读书去了。工头罗伯托拍拍我的肩膀说：

“原来希望你能干到这一笔订单都做完，当然，完成学业最重要，那张文凭永远是你的，毕了业你就是硕士工程师了，回来做我的上司？ Oops[1]，听起来太不像话，你还是滚到一边去吧！”

去黄华胄的公寓辞行，我们痛饮了一打啤酒。LA之行先苦后甜，有了驾照，银行存款接近一千一百美元，此行不虚，再干一杯。

1963年，我（左一）、黄华胄（左二，站立）、李兆泰（右一）在林武（右二）买的新车前

① 哎呀，哎哟

是谁谋杀了约翰·肯尼迪？

在Rolla Missouri的最后一个学期，腰中有些银子，竟然开始挥霍起来。不时请同学吃汉堡喝咖啡，星期日纠集数人看早场电影，票价每人一美元，这些都是头一年初到此地苦读时想都不敢想的事情。

只选了两门课，再加上一篇论文，如期交上去，评审委员会口试通过，我就是电机工程硕士啦！但是凭我这么点浅薄的电机学识，能写什么学术论文呢？其实说穿了也不太难，只要找到一位肯负责任的指导教授，由他交下题目来，努力做出点结果，口试时指导教授“护航”，硕士学位便如探囊取物了。

找谁做指导教授呢？白顿教授是首选，他开的两门电子通讯课我都选了，有不少福氏级数变换（Fourier Series Transformation）的运算，自觉还玩得转。白教授性格温和，风趣活泼，对学生很有耐心，可是热门教授麾下的学生一定多，数次表达了想跟随他写论文的意愿，终于获得他的同意。安排两次长谈，白教授交给我一份论文，要我回去好好研读，篇后列出供参考的诸论文，也要去图书馆找来仔细地看懂。

搞懂一篇学术论文的最大障碍是预备知识不足，必须先查阅更多的资料，一步步厘清基本知识，才慢慢进入情况，工作量比预期的大很多。数周后自以为弄通了这篇东西，再与白教授长谈，我问他下一步该怎么进行？白老板胸有成竹，他提出来：就沿着这篇论文的分析演算方法，我们来设定另外一种检验电子信息受到干扰的状况，变换几个参数，将它演算下去，看看会得到什么样的结果。

噢！好办，这是个“比着葫芦画瓢”的干法，回到我的老本行来了。从小就喜欢模仿大人的一举一动：在台湾学蒋介石念元旦文告、噘起嘴来说一段萨孟武院长的福州腔国语，曾获得不错的评价。

闷着头一步步地解这个大数学题目，有了点成果就拿去给指导教授看，反正有老白给我把关，自己觉得还颇有进展的。白教授认为我们的方向正确，挺开心地对我说：

“预期的结论差不多快要出来了，现在你应该好好安排时间，每天静下心来试着写这篇论文。知道吗？科研工作分两个部分：首先当然要正确地将研究结果做出来，通过科学验证，不能有任何差错；其次必须以最精简有效的方式，条理分明地呈现这篇论文。一篇论文的结构大致是这样的……文字运用非常重要。”

以英文写学术论文这档子买卖从来没干过，什么呀！无论用哪种语言写论文我都不会，压根儿就没干过这个事儿。英文写作的障碍当然更多，所以必须多花时间好好练习英文写作，否则写出来满篇是低级文法错误等，岂不是丢尽了我们台湾留学生的脸？

正在琢磨哪一天开始用英文写点什么，接到纽约某老同学的信，十万火急四处借钱，女朋友怀孕了，马上得结婚，他在信中哀求：

“正方，你务必要助我，一千元有困难吗？或多少帮助一点，以后找到工作立刻就还。”

唉！这家伙实在荒谬，但是肯定爱得发昏，才贪图一时的快乐，造成无法改变的后果。如果当事人是我，恐怕也要四处求救。堕胎？伤天害理的事怎么能做！他们需要一个完美的结局，我马上汇给他八百五十元。

于是囊中所余无几，眼见着这个学期要过不去了，又得回图书馆上班？不行，在图书馆打工最会分心，影响论文的进程，若是耽误了毕业，事态更加严重。不要紧，我还可以向老哥借。老哥是名牌大学的博士候选人，拿着全额奖学金。厚着脸皮写了封信向我们家老大伸手，几个星期没有回音。不太妙，再写了一封十万火急性命攸关的陈情表。

终于接到老哥的回信，长篇大论臭训一顿，长话短说，大意是：“从来没听说过这种荒唐事：自己都吃不上饭了，还把钱借给别人！”

这话说得当然非常有道理，然而我从小就专干不符合常理的事，又善于耍赖皮。信封中除了那两页信纸，还有一张五百元的支票，做哥哥的怎么能见死不救呢？

预备了两周以上的干粮，包括：老母从台湾寄来的一箱泡面、罐头食品、肉酱等，除了上课，其他时间就足不出户，专心地、没昼没夜地字字推敲写论文。有一天实在累到两眼发直，四肢麻木，而且也暂时写到一个段落，想想应该放个小假，偷偷看点电视节目，犒赏自己一下吧！穷学生的住所只有收音机，平时就听那个叫Rollamo的电台，夜间有狼人Wolfman主持的最新流行歌曲节目。如果想看电视，就得去学生活动中心，凑热闹和其他人看正在播放的节目。

那天是1963年11月22日下午，我走到学生活动中心，密密麻麻围在电视机前的观众超过百人，大家在全神贯注激动地看实时新闻。在人群后面踮起脚来伸着脑袋探头，才看到美国发生了惊天动地的大事：年轻英俊、日正当中、人气极旺的美国总统约翰·肯尼迪（美国人都昵称他Jack），于当日中午12点30分在得克萨斯州达拉斯遭遇枪击，头部中弹，送往医院半小时后身亡。

枪击嫌疑犯李·哈维·奥斯沃得（Lee Harvey Oswald）七十分钟后被逮捕归案，新闻报道上说：奥斯沃得的政治倾向偏左，他相信共产主义，曾经在苏联住过。

一连好几天，整个校园近乎瘫痪，人们惶恐、焦躁、愤怒、咒骂、猜测、疑虑，大家时时刻刻都在谈论这件事。有太多令人不解的问题：谋杀的幕后主使者来自美国国内还是国外？美国总统的安全维护如此不堪一击？谋刺者有几个人，总共发射了几枪？……都没有答案。

得州警方移送奥斯沃得去另外一个监狱，全美各大电视台做实况转播，就在众目睽睽之下，但见距离警官押解犯人不远的人群中，一中年男子拔枪近距离开枪，击中奥斯沃得腹部，紧急送医，奥斯沃得死亡。

在遍布警察、戒备森严的情况下，竟然有人在现场突袭开枪，白昼杀人得逞，这一幕巨细无遗地呈现在全美国、全世界亿万观众的眼前，其震撼力无与伦比。杀人犯名杰克·鲁比（Jack Ruby），是某夜总会店主，他自称热爱肯尼迪总统，十分痛恨奥斯沃得，故此决定为民除害。

高等微积分老师帕嘎诺教授（Prof. Pagano），在课堂上索性不讲数学了，两个小时（中间没休息）的授课时间，彻底分析了美国的民主制度、经济体系，以及财阀的无尽贪婪、他们之间的血腥斗争等，见解独到。帕嘎诺教授认为，敢如此大胆，白昼刺杀全世界权势最大的美国总统，凶手的后台老板，其势力不会小于肯尼迪集团。最后他做出惊人的结论：这个案子与林肯总统被刺杀的案子一样，绝对不会有水落石出的一天。

班上有不少美国同学不以为然，提出反对意见：在民主法治领先的美国，怎么会让这种滔天大罪不清不白地混过去？老教授并不与年轻人争辩，他摊开双手耸了耸肩膀，说："你们等着瞧吧!"

我当时对帕嘎诺教授的结论半信半疑，这么严重的谋杀案会不了了之吗？帕教授的数学知识高深，然而一番即席论政，更展现了他在政治、经济、法律方面的素养与见地。或许作为一名知识分子，必须渊博、客观，能够从丰富的信息中解剖分析，旁征博引，归纳出自己的真知灼见来。这一堂课给我留下深刻的印象，受益匪浅。

美国首席大法官华伦主持的调查委员会（Warren Commission），十个月后发表了厚厚一册华伦报告书，重点在向美国民众保证：奥斯沃得谋杀肯尼迪属个人单独行为，杰克·鲁比枪杀奥斯沃得也是个人单独行为，二者都没有幕后指使人。

美国的最高司法长官，具权威性地写下总结，本案就这样草草地交代结案了。肯尼迪是第四位在任上被暗杀的美国总统，其他三位是林肯（Lincoln）、加菲尔德（Garfield）、麦金利（McKinley）。

我的论文初稿写好了，自己觉得不甚满意。白顿教授先看了一遍，约我某日下午到他家去详谈。教授夫人预备了一壶咖啡和一大盘cookies，看情形我们要耗上整个下午？白教授与我一个字一个字地从头读起，不厌其烦仔细地琢磨如何遣词用字。然而我的字句有的实在过于荒谬，白老师读了常常为之忍俊不禁，他说：

“Peter, aren’t you lovely?（彼得，你太可爱了吧？）”

白教授十分投入，有时他会遥望远方想起一个字来，就说：

“This word is perfect here: Notwithstanding. Oh, maybe

not.(这个词用在这里最合适:‘尽管’。噢,也许不好。)”

一个下午的时间完全不够用,坐得太久就改变姿势在地毯上趴着继续。教授刚刚会走路的女儿芭芭拉,抓住机会轮流在我们的背上骑马。

百忙之中,教授又安排了一个下午,我们辛勤地逐字前后整理多遍,综合大量修改的内容与字句修正,抓紧时间尽快打字,完成第二稿。之后的更动多属于枝节上的改动,我的硕士论文基本上算是完成了。

白教授组成论文口试审核委员会,四位委员分别是:老板劳勃、白顿、帕嘎诺教授、老胖子哈登,还有一位是自动控制学专家钱诺维斯教授。这个组合不错,但是我很怕哈登教授会在现场刁难,因为我在他“电路合成”课程上表现得难如人意。白老板认为不会有事的,不放心的话他可以安排我去和哈登面谈一次。

敲门进入哈登的办公室,说明来意,他点点头先问了问我的论文内容。然后他笑着说:“鲍比(Bobby)告诉我,你担心我会在口试上同你过不去,为什么有这个想法?”

据实以告，我没有认真学习“电路合成”，有点投机取巧，表现不好几乎当掉。哈登教授似乎记起来一些事儿，他说：

“对了，你好像做过什么sneaky things（偷偷摸摸的事）。Well, I will call you sneaky Peter.（好吧，我就叫你贼彼得。）不要紧，只要你的论文有分量，怎么会有问题呢?”

我们聊得很开心，哈登教授拿出一瓶他老家佛罗里达的辣椒泡菜来，叫我吃一个，那东西辣到我头皮发痒。

论文口试顺利通过。

圣路易蒙难记

美国的灰狗巴士

在毕业典礼上接下了硕士文凭，望着台下密密麻麻的观礼者，我找不到一位亲友，不由得伤感起来，还隐隐有失落与前途未卜的惶恐感。

这间大学地处偏远，交通不便，在美国的好朋友们多在忙着自己念书毕业的事，哪有闲工夫来这种地方。父亲卧病多年，母亲在家照顾他，我寄出家书，向双亲禀报：学业已告一段落，下一步是在美国找到合适的工作。

按照美国的规定，学有专长的留学生，毕业后只要当地有公司雇用，可以依照Practical Training（实际工作训练）的法令条文规定，在美国合法工作十八个月。若某美国公司雇用我，有了固定收入之后，尽快汇钱回台湾，母亲就可以大大松一口气了。

天天去学校求职中心（Placement Center）看布告栏，有十几间大公司来校面试应届毕业生，我全部签上了名。一周之内，见到许多没有决定权、只负责初试的人事业务员，他们雇用留学生的意愿不强：好的工作机会当然要留给自己的孩子，留学生的忠诚度信得过吗？有关国防机密的工作，必须先通过安全检查，等等。与他们相谈甚欢，得到的回答很雷同：

“在最短期间就会告知你本公司的决定。”

两星期后，接到各公司的回信，信中最后的话也都近似：

“我们会将你的履历存在‘现役档案’中，一旦有合适的机会出现，就会与你联络。”

如期毕业，但是毕业后的求职看来相当困难，困在Rolla这个穷乡僻壤，完全没戏唱，而且囊中的银子也所余无几。怕什么？到纽约找工作去。兴冲冲地告诉女友，我要来了！许久才接到女朋友的回信，她的字迹真够漂亮。要躲在浴室中慢慢看，拆开信全部写的是英文，心中暗叫不好！她用英文回信多半是坏消息。开头讲了些恭喜我毕业的废话，真正要告诉我的：她遇到一位如意郎君……

如果我没去LA打工，到纽约陪她呢？这些都已经过去了。

一切回归原点，重新出发吧！

我搭车去纽约，投奔另一位同学胡北山。

人各有命，大学同班好友胡北山，现在春风得意得很。他如期拿到硕士学位，立刻就在纽约市近郊的西方电子公司当工程师，买了部敞篷别克军刀（Buick La Sabre）新轿车，泡起妞儿来端的是随心所欲不亦乐乎！这家伙还写信骂我土，脑袋是怎么长的？选学校也不会选个离大都市近点的，毕业后就近找工作方便多了，否则来应征人家还要付你往返旅费。他说：

“你真的没搞头就来我这儿，纽约市一带的工作机会最多。”

从那个鸟不生蛋的地方到纽约，要搭灰狗巴士上66号公路，到了圣路易转车北上，总共十几个小时的车程。何不乘坐飞机去纽约？嗐！我依然是个一穷二白的留学生，不敢做那种奢侈浪费的狂想。

在这个典型的美国中西部大学城（College town）苦读三学期，圣诞假期最清静，百业休市，全城死寂一片，每天煮牛骨头汤，吃泡面，重读《红楼梦》。在此度过生命中最冷的冬天，零下三十几摄氏度，开了暖气手脚还是没知觉。过最简单的生活，心无旁骛地昼夜埋首赶进度，锱铢必较地拼成绩。深夜难眠，静悄悄孤灯一盏，笃信思念中的人就在黑暗中默默陪伴着我，认真去想去找她，又飘然逸去。

从巴士的窗口眺望，一切景象都在慢慢地缩小模糊，我有预感，今生大概再也不会回到这里了！与Rolla Missouri的缘分已尽，一年多来在此地经历了人生中的重要学习过程，英语表达能力比刚到此地时倍增，居然能专下心来，单打独斗地得到硕士学位，因之建立起无比的自信。必须感谢白顿老板、帕嘎诺教授们的耐心呵护提携、胖哈登的宽容，还有裴蒂的温柔微笑……

行李简单，箱子一半以上装的是我的书和笔记，塞了些衣服。去纽约总不能穿得像个乡巴佬，行前买了一条时髦低腰紧身长裤，上有棕色直线条纹。穿上去屁股蛋子翘起来，紧到要用点力气，才能将钱包塞得进屁股后面的口袋里去。

66号公路沿途的景色单调，也是因为连日劳累，车行没多久头就沉重地靠在窗边入睡了，巴士抵达圣路易站才醒过来。随着大伙下车取行李，到另外一个站口等候往纽约的汽车。时间还早，去咖啡店买杯喝的吧！付钱的时候才发觉钱包早不在紧身裤子的后口袋里了。

晴天霹雳，脑门子轰的一声，像是给炸开两半，绞痛若裂，这还得了！皮夹子里有我的重要证件、几十美元现钞、去纽约的车票。

冷静，冷静。怎么丢的？什么时候丢的？丢在哪里？情绪逐渐沉静了下来。福尔摩斯在这种情况会怎么做？一步步还原场景：下车时有没有检查身上的物件？没有，拿了行李就往大厅走去，读广告牌，确认了往纽约的发车时间、车次、登车口，坐下来休息，走过去买饮料……不可能丢在路上，因为一路下车走过来没有碰过钱包，没上过厕所，那么一定是丢在巴士上了。新裤子太紧，钱包塞在屁股后面的感觉还未能适应，睡觉时扭来扭去的，钱包滑了出来也就没注意。一定是这么回事。

匆匆回到下车地点，那辆巴士已经开到维修站做例行保养了。向管理员说明原委，已急出一头汗，声音嘶哑。幸好那人还算帮忙，打了通电话接洽，又带我去后面的车厂找那辆巴士。我在巴士的原座位附近发了疯似的前后左右寻找，皮夹子全无踪迹。

拖着行李再度回到大厅，步履有如千斤重。慌乱与不安又深了一层。钱包肯定找不回来了，圣路易是美国的大都市，出名地乱，治安败坏，在此地我不认识一个人，往纽约的巴士马上就要开了。或许他们有我买票的记录，说通了可以让我无票登车。去售票处交涉，票务员露出一脸的鄙夷，说我们只认票不认人，谁知道你是什么人呀？想搭霸王车吗？眼睁睁地看着去纽约的那班巴士离开。

下一步怎么办？下一步是什么？坐在候车室发呆，认倒霉吧！皮夹子找不回来，翻看箱子里的护照、支票簿，我的银行户头有钱，签张支票取出现金再买票去纽约，也只有这样了。心情顿时开朗轻松了许多。

见到对面有一柜台，标示着Travelers' Aid（旅客协助处），柜台后坐着位发型高耸、体形富态、面容和蔼的中年妇女，走过去询问附近有没有 ×× 银行，她听了之后略作迟疑，说：

"可是年轻人，今天是星期日，没有银行开门哪！"

我当场傻在那儿，天哪！我要不吃不喝耗在这儿到明天上午银行开门，才有希望取到现金？嘴巴不自觉地抽动着，叹了口气自言自语："耶稣基督！"

"年轻人，"中年妇女很热心，"虽然已经是下午了，出大门向南走三条街的圣母堂，三点钟还有一台弥撒。"

只有苦笑，结结巴巴地向她说明我的困境。她马上说：

"打电话给你的父母呀！"

她完全没有进入情况嘛！再做补充说明，我是个留学生，少数亲友都住在东西两岸，现在是真的一文不名，走投无路了。她皱着眉头认真地想了好一会儿，突然大声说：

“Western Union（西方电报局）。”

什么意思？美国的西方电报局接受电汇，可以在一个城市付现款，发电报到远在天边的另一间西方电报局，指定提款人立刻能从电报局拿到现金，当然要付手续费。这是二十世纪中期最快速的提取现金办法。我还愣在那里，中年妇女教我：

“打长途电话给你纽约的朋友，汇钱到圣路易灰狗站的西方电报局。喏！电报局就在大厅的对角，你的名字、证件号码都要他在电报上写清楚。快去，电话亭在那一头。”

茫茫然地往电话亭走去，走了一半又折回来，她在照镜子，仔细观察她高耸的头发有没有倾斜，没等我走近柜台，她就明白了，笑着说：“Call collect.（要求对方付电话费。）”

我低下头赧然地央求着：“我连一毛钱硬币也没有，你能借我……”

真叫作一文钱逼死英雄汉哪！她在那儿抚着头发爽朗开怀地大笑，笑声富有感染力，我便苦中作乐地也觉得有点开心了。她递给我一枚两毛五硬币。

“太感谢了，等下我就还给你。”

她说：“You bet.”又是这句美国中西部人的常用语：你可

以打赌，我感受到了你的好意。她的善意和帮助对我太重要了。

拨Collect call去纽约，头一个就找胡北山，没人接电话。用膝盖想也知道，星期天下午，风和日丽的，身强体壮荷尔蒙旺盛的小伙子，准是开着敞篷车约会去啦！后悔平素疏于联络，手头纽约同学的电话号码只有三四个，一个个打去都没人在家。于是像热锅上的蚂蚁，每隔十五分钟就轮流再打一遍。

五点半过后，有人接电话了，是住在纽约上城的小唐。他痛快地接受这通Collect call，根本不晓得我要来纽约，而且已经上路了，知道我在圣路易落难之后，先安慰我不用担心，一切由他来搞定，确认我这边的电报局没问题就好。

挂了电话，心中的大石头落地，步履也变得轻松起来。手中还握着那枚从付费电话退回来的两毛五硬币，要还给人家呀！走过去才发现Travelers’Aid的柜台早拉下门打烊了，我连那位高耸发型中年妇女的名字也没问过。

顿时感到又饥又渴，可不是，刚到车站的时候就因为渴要买饮料，才发现皮夹子不见的。现在又过了几个小时，饥渴交迫愈甚。在饮水机大口喝凉水，肚子咕噜噜更加饿得快挺不住了。大厅咖啡店的窗前有价目表，今日特价：两角五分，咖啡加Cheese Cake（起司饼）。小唐的钱不知道几点钟才汇到，不吃点东西会晕倒吧！怎么办？人到了这种时候往往就意志不坚起来，走进咖啡厅按照仅有的预算叫了咖啡加起司饼，又吃又喝。啊！那片薄薄的Cheese Cake，味道真叫好，久久难忘。

当晚十一点多，小唐的钱终于汇到了，我搭上最后一班深夜去纽约的灰狗巴士。就这么虚脱疲惫、灰头土脸、狼狈不堪地抵达纽约。

见到小唐，他一拳打在我的肩膀，说：

“你小子可真会折腾人，星期天下午人人不在家，谁手头有那么多现金？我像乞丐似的在上城好几个同学家沿门乞讨，五块十块地收，闹到快半夜才凑齐了一百元。”

真是恩同再造，我当场签了张支票还钱，还送上打油诗一首，是在巴士上写的。事隔多年，那首破诗也差不多全忘了，最后两句是：“雪中送炭情谊重，民族救星本姓唐。”

害人的紧身裤子，再没穿过第二次。送给胡北山，人家不要，说这种裤子早不流行了。

在美国居住四十年，有个不自觉的癖好，遇到发型高耸、身材丰腴的妇女，总会被吸引，就盯住来看。

啊！纽约、纽约

与张国本（右）在纽约最高点 Empire State Building（帝国大厦）

头一次到纽约，在胡北山的公寓借住。

哎呀！我和老胡的交情不比寻常，中学同学，大学同班；还有，都热爱漂亮女生，迷西洋歌曲，标准舞棍，胡说八道，荤素笑话不拘，没有一句正经话，却很能逗姑娘们咯咯而笑；学业成绩属中下，有惊无险地混到台大毕业。

可是人家的福报大，在美国波士顿附近某校拿到硕士学位之后，晃到校园应征工作，仗着一表人才又能说会道的，被好几个公司争着聘用，选了一家大公司“西方电子”立马上任，年薪八千多美元，众同学钦羡，尊称他胡八千。我就差劲多了，念的研究所名气不彰，毕业找不到工作。

胡北山开导我：纽约是世界中心，在这儿闯天下，如果闯出个名堂来就会天下知名。法兰克·辛纳屈（Frank Sinatra）有名曲：《纽约，纽约》，其中一段歌词曰："你如果在纽约成功，去哪里都能成功；纽约纽约！"

我的人生道路就这么定下了：要在纽约拼出一个成功来！

老胡住一间颇为古老窄小的公寓，开玩笑，纽约寸土寸金，这么一间小公寓那时的租金要好几百，再加上水电煤气管理费，也只有胡八千住得起。老哥们儿有几年没见了，头两天坐着他的敞篷别克军刀新轿车混了几次。可是我心神不定，泡妞没心情，去哪儿都要花钱，挺贵的，一杯咖啡二角五分，还加两分钱的税。胡北山有次在一个场合偷偷耳语："别让人看出你的小气劲来！"

不是小气，我真的要省，银行户头只剩下一点钱。设定目标，一个月之内找到工作。当然可能，这里是纽约耶！

胡八千一早去上班，我就在公寓里仔细阅读各报纸的征人广告、写求职信、改履历等，一口气发出十几封信。有求于人最无奈，公司的回复零零落落，一律回绝，这个月转眼就过去，一个面试机会也没有。怎么能老赖在这里白吃白住？虽然老胡一再说没关系，人总有时运不济的时候，秦琼也曾经穷得要卖马不是吗？可是我怎么老在演秦琼落魄这出戏？守株待兔不是个办法，先找个临时工作吧！

胡兄正在大力追求海伦，一位身材高挑、气质素雅的美丽女孩，但是他遇到困难。皆因为老胡的花心大名远扬，人家是大家闺秀，没兴趣跟你浪费时间鬼混。二人私下探讨过战术战略，我的实战经验不足，纯属理论派，胡乱建议基本帮不上什么忙。

只要不挑剔，在纽约找临时工作不难。看报纸去应征某公司的业务员，当场就被录取。是一间位于中城的小公司，设计制作燕尾服的领结、背心、肚围（围在肚子上的那块锦缎）和其他配件。上班时间九至五，没有午休，得自己找空当果腹。按小时计酬，比最低工资多三毛五。刨去地铁、中餐的开销，每星期还有点进账。

老板史华兹先生，身高体胖、秃头、鹰勾鼻，鼻梁上架着副正圆形的眼镜，略微驼背，声音洪亮言语粗鄙，算账时锱铢必较，一分钱也错不了，焦躁起来（经常如是）就背着手在办公桌前来回踱步。他简直就是狄更斯小说*A Christmas Carol*（《圣诞颂歌》）中的史克鲁纪先生（Mr. Scrooge)。这公司的规模小到不能再小，总共两个半人：史华兹和我，还有一名是大楼的清洁工荷西，他定时来办公室清扫。

美其名曰公司业务员，其实是办公室小弟。办公室内有一张大办公桌，一套沙发，咖啡桌等，老板在的时候我要站着听令，买咖啡、买午餐、送货、取货等等，进进出出时间过得快。到了星期五下午，史华兹把算好的工资交到我手中，我默念：过一天挣一天的钱吧！(Another day, another dollar！)

星期天不上班但是最忙，我要把《纽约时报》周日厚厚的分类广告仔细地看，不敢错过任何一个申请工作的机会。在美国觅一份专业工作是我唯一的出路，台湾没有任何工作机会，回台湾不是选项，母亲还在等着我的好消息呢！

史华兹认为我的英文不太好，第一天上班派我买鲔鱼三明治，指定要洋葱面包（onion roll），我买回来一包炸洋葱圈（onion ring）。从此史华兹就肆无忌惮地在我面前大声讲电话。最惊人的是每逢星期一早上，他总要打电话给他的相好，把前晚的房事过程巨细无遗地重温一遍，每次总忘不了吹嘘他的那话儿很大，露骨肉麻，这老家伙！

胡北山邀我去参加舞会，求职无门还要找舞伴，真没心情。他说："跳舞是其次，你替我帮衬几句，上次海伦说和你聊天挺有意思。这样吧，我不在场的时候你拐弯抹角地说几句好话，替我重新建立正面形象。"

"这很难耶，你不怕我从中破坏？"

"妈的你敢！对了，到时候我去大便，这段时间就看你发挥了。"

海伦是位可人，我极乐意和她谈天。那天晚上老胡借故"便遁"，我向海伦说了什么？大概是说老胡的兄弟姐妹多，年幼没有得到充分的母爱，所以他对异性的兴趣广泛，但是他对你用情很深……一派胡言，惭愧。但是效果不错，以后他们的感情朝着正面发展。

取货送货跑外勤，多数沿着纽约地铁红线1、2、3号车上下穿梭，总是去那四五家小工厂，劳动阶级兄弟性格豪爽，高兴就随手送我几条领带领结。听他们以活生生的语言扯淡，是一种享受。有位黑哥们儿称呼所有的女孩为“榔头”(hammer)，为什么？他说榔头是可以拿来敲的（something you can bang with)；还是不懂，再解释“敲”(bang）是性行为的又一说。我的英语词汇就这么迅速地扩展开来。

手边有许多新款领带领结，广赠诸同学亲友，北山弄了十多条，快没人可送了。清洁工荷西下班前来打扫，我送他两条领带，荷西倒抽着气笑起来：“你认为我该在什么场合用这种废物？”

荷西来自波多黎各，一团和气挺着大肚子，口音颇重。上班不久，荷西就救了我一次。

史华兹上班都比较晚，我独自坐在办公室的沙发上，有时会发困打盹。但听见门外脚步急促，荷西气喘吁吁地冲进来，塞给我一块脏抹布，低声说：“快去擦窗户。”

他自己回到走廊低头拖地，史华兹的大皮鞋步步走近，荷西大声说："早安，史华兹先生。"

我在那儿认真地擦玻璃。

快下班的时候，荷西笑眯眯地过来聊天：

"老刮皮回去了？我跟你说，上个月他开除过两个人，一个在班上睡觉被逮到，另外一个说是偷喝了他柜子里的好酒。"

这两件事我都干过，我说："谢谢你，这次好险。"

"我知道你们学生也不在乎这种工作，但是他骂起人来太难听了，何必呢？我们新移民要处处小心谨慎，在纽约生活不容易呀！"

胡北山又在愁眉苦脸的，怎么了？

"海伦不知道听了谁的，说我同时和三个女孩子交往！"

"你确实是这样的呀！"

"那是去年的老皇历了。喂！你说怎么办？"

"我能怎么办？又来一次'大便'，怕不管用啦！"

"所以得有个新点子才行！"

这老兄对海伦超级认真起来，我暗地里觉得不正常。北山突然站起，指着我的鼻子："你那两本什么诗呀词的书呢？"

我曾痴迷过宋词，一直随身携带《白香词谱》《宋词三百首》

各一册，偶尔摇首吟哦起来，酸溜溜的感觉挺好。

“书在这儿，你要看吗？”

“你就替我写一首吧！她生日快到了，玫瑰一束再赋新词一阕，共度浪漫之夜。”

乖乖，这是要大绞脑汁的文字游戏，久不弹此调了。包在我身上，绝对不会泄气。一个星期后交卷，北山全神贯注读着我写的《鹧鸪天》，我说：“你最好给它背下来。”

“这句：极目伤平楚，是什么意思？”

哎呀！滥抄古人的句子罢了。

我说：“把它念得顺口最要紧。”

庆祝海伦生日的约会过去了，老胡没提那天晚上的事，估计很顺利吧！这种事当事人不愿意谈，咱们就得知趣，别再打破砂锅问到底。

求职信连续地发着，编到二百六十七号了。终于有了一个面试的机会：位于纽约上州的IBM公司，正在招兵买马。面试前一天，我患得患失到彻夜难眠。老胡耳提面命教授我面试的诸般秘诀，要轻松应对，美国人注重幽默感，太拘谨了就会砸锅。穿上台湾带来的西装，显得特别老土，但是我只有这一套，不穿它怎么办？对！配一条时髦的领带，选择可就太多啦！最后套上一根领带，像麻绳一样的最新款式。

IBM安排了三个不同的部门与我面谈。首先是位华裔工程师与我面谈，名片上写着姓Lowe，英国姓，我猜他本姓罗；够贼的，从文字字面上看不出来他是华裔。罗工程师严肃地以刻板英语问我几个半导体的问题，都不会。无奈，这一阵子都从事领带工业了。从罗先生的办公室中出来，心情沮丧，如坠入万丈深渊。其他两个部门没考我，过程可以用“谈笑风生”来形容，本来嘛！我在美国本土大学念到硕士学位，它能是假的吗？

两周后接到通知，立刻给老母写信，告诉她：“……孩儿不孝，很久没向您请安。昨天接到IBM的通知，我下个月一号去纽约上州上班……”

母亲等这封信，等了七个多月。

胡北山和海伦为我庆功，席间趁海伦不在，我问：

“那首词管用吗?”

老胡微笑，然后说：“什么破玩意儿，我下点功夫也写得出来。”

在纽约上州的工作如常，周末我开车来纽约市找胡北山、海伦一道耍，乐事糗事说不完！半年后北山与海伦举行婚礼，伴郎当然是我，当晚我喝到忘形，说过什么做了什么，不宜列入记录。

年事渐长，同学们都成家养育儿女。我婚后积习不改，还是经常从纽约上州到纽约市来度周末。那一天我带着大腹便便的妻夜宿胡家，清晨胎动，赶紧送医院，顺利产下一子。以后谈起来，海伦总是说：

“连你儿子都是在我们家生的。”

后来我们和老胡各奔东西，但数十年来一直保持着联系。

后记

退休在郊区闲住，窗外有草地连绵，远处山峦重重，错综隐约。常坐窗前发傻，往事便阵阵浮现。一天，接到胡北山大女儿的电邮：

“我们挚爱的母亲海伦，昨天晚上去世了。现在我们最担心的是爸爸……亲爱的彼得叔叔，你和妈妈爸爸从生下来就是好朋友，如果你能打电话给爸爸……”

美丽善良的海伦先走了。

日子一天连一天地积累着，一个不留神，大半辈子就从眼前溜了过去，我该从哪里回想？

时间若能倒转，我要回到数十年前的纽约，找一找昔日的忧愁、期盼和欢笑。好多事情总是来不及捕捉，又能捕捉到什么呢？

拿着电话筒半晌没动作，电话发出单调恼人的响声。山岚慢慢朝这边移动，景物迷蒙，极目伤平楚。我拨着号码……

图书在版编目(CIP)数据

志在四方一男儿 / (美) 王正方著. — 北京 : 北京十月文艺出版社，2023.1

ISBN 978-7-5302-2267-6

Ⅰ. ①志… Ⅱ. ①王… Ⅲ. ①散文集—美国—现代 Ⅳ. ① I712.65

中国版本图书馆 CIP 数据核字 (2022) 第 169539 号

著作权合同登记号 图字 : 01-2022-4947

志在四方一男儿

ZHI ZAI SIFANG YI NAN’ER

[美] 王正方 著

出　版 北 京 出 版 集 团
　　　　北京十月文艺出版社
地　址 北京北三环中路 6 号
邮　编 100120
网　址 www.bph.com.cn
发　行 新经典发行有限公司
　　　　电话 010-68423599
经　销 新华书店
印　刷 北京盛通印刷股份有限公司
版　次 2023 年 1 月第 1 版
印　次 2023 年 1 月第 1 次印刷
开　本 850 毫米 ×1168 毫米 1/32
印　张 10.75
字　数 180 千字
书　号 ISBN 978-7-5302-2267-6
定　价 49.00 元
如有印装质量问题，由本社负责调换。
质量监督电话 010-58572393